魏晉南北朝文學故事

【上冊】

魏晉南北朝文學故事 上

目次

·文人與酒的不解之緣 005
·史上三曹與建安七子 010
·亂世霸主，文壇雄傑 015
·曹丕：公子·帝王·文人 020
·曹植：才高八斗陳思王 028
·讚美人神之戀的〈洛神賦〉 034
·《笑林》：中國第一部笑話集 040
·屠刀下的聖人後裔孔融 044
·建安「七子之冠冕」：王粲 050
·諸葛亮：出師一表真名世 055
·魏晉時期竹林下的名士 059
·醉眼矇矓著華章的阮籍 065
·嵇康刑場奏琴，寧死不屈 070
·向秀思舊：借古喻今抒大志 075
·劉伶醉酒：酒仙名士奇人 080
·率真隨意：曠放不拘話阮咸 086
·李密陳情：言不幸盡忠孝 091
·直錄史實：陳壽撰《三國志》 097
·一賦三都，洛陽紙貴 101
·天才秀逸：「太康之英」陸機 104
·太康文壇三兄弟 109
·「江東步兵」張季鷹 114

·「三王墓」的傳說故事 120
·文武奇才大將軍桓溫 124
·風流宰相晉代豪強謝安 129
·千古「書聖」，右軍王羲之 134
·忠賢袁宏的詩賦逸才 140
·風流倜儻的王獻之 145
·高齡矢志追佛國的法顯 151
·神妙難忘的「三絕」顧愷之 156
·東晉大才女謝道韞 162
·陶淵明不為五斗米折腰 168
·田螺姑娘的傳說 174
·顧命文臣傅亮的心曲 179
·元嘉文豪顏延之 183
·元嘉文壇之雄謝靈運 189
·「江左楊修」詩人謝晦 195
·琵琶聲裡的「後漢」旋律 201

文人與酒的不解之緣

中國人飲酒的歷史很長，傳說夏禹時帝女儀狄首先發明了造酒，但人們更熟知的是夏代杜康造酒的傳說，杜康也就成了酒的代名詞。夏桀為「酒池糟堤」，殷紂為「酒池肉林」，成了因酒亡國之君，但中國人的飲酒史並未中斷，酒文化成為源遠流長的中國文化中的一個支流。

不過，飲酒成為文人的雅好和名士的風度，則始於魏晉。從此文人與酒便結下了不解之緣，從「竹林七賢」到「酒仙」李白，文人們又多了一個傳統。

其實，由於時代亂離，命運多舛，漢末的飲酒之風就已很盛了。靈帝末年，貴族官僚們多沉湎於酒，以致鬥酒價格漲到千文。洛陽令郭珍生活豪奢，酒宴常開，讓幾十名侍女裸體披上透明的薄紗伺候客人。荊州牧劉表子弟做了三隻大酒杯：大的叫「伯雅」，盛七升；中的叫「仲雅」，盛六升；小的叫「季雅」，盛五升。常聚眾飲酒狂歡，在手杖頭上裝上大針，用來刺醉倒的客人，以驗其醉醒。漢獻帝遷居許昌後，派光祿大夫劉松去北方袁紹軍中做監軍。劉松與袁氏子弟盛夏酣飲達旦，爛醉如泥，自言是避暑。

建安（一九六—二一九年）時代，雄踞文壇的「三曹」和「七子」，也多雅愛杜康。曹操高吟：「對酒當歌，人生幾何？」「何以解憂，唯有杜康。」（〈短歌行〉）一生酒興詩情，慷慨悲歌。曹丕以公子帝王之尊，亦常與文學之士相聚暢飲。因為飲酒，差點喪了劉楨的性命。曹丕有一次請諸文士飲宴，酒酣興起，便招夫人甄氏相見。座中諸人拘於禮法，都低頭伏下，唯劉楨不拘禮法，平視甄氏。大概聽說甄氏美貌絕倫，難得一見，這下可有機會了。不想被曹操聽說了，要治其死罪，後減罪罰做苦工。才華橫溢的曹植很得曹操寵愛，幾乎被立為太子，然因飲酒不節、放誕任性而作罷。

但是，飲酒真正蔚為名士風度，以酒來體味人生百境，並結下不解之緣的，當始於「竹林七賢」。嵇康、阮籍、山濤、劉伶、向秀、阮咸、王戎，相與友善，崇尚老莊，行為放達，常遊於竹林，肆意酣暢，故世謂「竹林七賢」。「竹林七賢」個個好酒，尤以阮籍和劉伶為最。「竹林七賢」嗜酒的心態是複雜的，但放誕不羈卻是共同的特徵。與老莊精神的溝通，追求精神自由與個體人格的解放，是其放達的哲學根源。

醉眼矇矓的阮籍聽說兵營裡存有三百斛酒，便自請去當步兵校尉，並約劉伶前來開懷暢飲。他曾為逃避司馬昭為司馬炎（後為晉武帝）向其女兒求婚，大醉了六十天。《世說新語》中記載了他許多飲酒放誕的故事，像居母喪食肉飲酒、醉臥當壚美婦側等。阮籍的飲酒是佯狂避禍，是澆胸中塊壘，亦是自然率真性格的顯現。

劉伶飲酒荒放更是世人熟知，民間有杜康造酒劉伶醉的傳說。劉伶以酒名世，正如自己所言：「天生劉伶，以酒為名。」劉伶病酒的故事在當時就廣為流傳。《世說新語》記載，劉伶縱酒狂放，以致赤身裸體。有人譴責他，他卻和人開了個莫大玩笑，說：「我把天地當作屋子，把屋子當作衣褲，諸位為何跑到我的褲襠中來了？」這就是名士的放達，也許怪誕的外衣下，隱含著老莊自然率真的內涵，但表現形式卻荒誕到驚世駭俗的地步。劉伶不僅喝酒，還寫了一篇〈酒德頌〉，描寫了一位嗜酒怪誕的大人先生，實是自我寫照。其「無思無慮，其樂陶陶」的境界，正是劉伶尋找的酒中趣味：忘掉世間煩惱，超脫塵世的快樂。

嵇康「濁酒一杯，彈琴一曲，志願畢矣」（〈與山巨源絕交書〉）。嵇康喝酒彈琴追求人生的雅趣，更注意酒中的精神品位。又因他是「養生派」，期望以服食養生之術求彭祖之壽，而服食需喝溫酒，量也不能太過，所以未與任誕的酒徒同列。山濤也是海量，據說八斗方醉，然山濤心系魏闕，尚有節制。

「竹林七賢」的飲酒放達之風海內聞名，酒已成為名士風度的內涵之一。《世說新語・任誕篇》載有阮修、山簡、張翰、畢卓等飲酒任誕軼事。阮修常在手杖上掛錢百文，獨赴酒店暢飲。山簡督荊州時，常去習家池遊玩飲酒，一醉方休，自言：「此（習家池）是我高陽池也！」自比「高陽酒徒」（西漢酈食其欲見劉邦，劉邦不喜儒生，食其便自稱高陽酒徒），習家池也因此改為高陽池。時人歌曰：「山公一時醉，逕造高陽池。日暮倒載歸，酩酊無所知。」張翰知名於後世，是因秋思故鄉鱸魚蓴菜的故事，然喝酒也很有名，時人比之阮籍，謂之「江東步兵」。別人勸他：「你怎麼可以放縱一時，不考慮身後的名聲呢？」他卻說：「使我有身後名，不如即時一杯酒！」畢卓任吏部郎時，常飲酒廢職。他喝醉後路過酒坊，伏在酒罈上又喝，被當成小偷捉住，一時成為笑談。「一手持蟹螯，一手持酒杯，拍浮酒池中，便足了一生。」這就是他的人生宣言。

陶淵明「性嗜酒」，出任彭澤令就因「公田之利，足以為酒」，並大量以酒為題材創作了〈飲酒〉詩，把酒趣與詩情抒寫得有滋有味。其實陶淵明的飲酒是在尋求酒中的「真味」，即人生的真諦，酒趣、詩情、哲理熔為一爐。

那麼，酒實際上成了文人名士精神與思想的一種載體。飲酒卻不在「酒」，而在酒中之「境」。陶淵明的「酒中有深味」，正道破了這一玄機。文人名士們在酒中體味著人生百味，尋覓著人生的「真諦」。這也許就是文人與酒的不解之緣的真正原因吧！

史上三曹與建安七子

建安是東漢末年獻帝劉協的年號，指的是自一九六年至二二〇年的一個歷史階段。建安文學在動盪亂離的社會背景下，開闢了一畦茂盛的文學園地，引來了六朝文苑的碩果纍纍的豐收景象。當時俊才雲蒸，佳作霞蔚。「三曹」及「建安七子」特秀其中，獨領風騷。

「三曹」即指曹操、曹丕、曹植父子。他們以曹氏集團的顯赫政治勢力而高居文壇的領袖地位。曹操一生躍馬揚鞭，南征北戰，但手不釋卷，雅愛文學，「登高必賦，及造新詩，被之管弦，皆成樂章」（《文心雕龍・時序》）。其詩以樂府古題寫時事，四言最佳。〈短歌行〉是四言中最受後人賞愛的代表作；五言詩〈薤露行〉及〈蒿里行〉有漢末實錄、詩史之稱。詩歌格調慷慨悲涼，氣韻沉雄；語言古樸剛健，善用比興。散文亦寫得清俊通脫，被魯迅譽為「改造文章的祖師」。曹丕博通經史，醉心詩文。詩作以五言詩居多，亦有六言、七言、雜言。其中，七言歌行體〈燕歌行〉是我國詩歌史上第一首完整的七言詩。題材和內容多寫遊子思婦的離愁別恨，也具有建安文學的悲涼情調。語言清麗、質樸、自然，又委婉纏綿，頗有文人情調。沈德潛曾評曰：「子桓詩有文士氣，一變乃父悲壯之習矣。要其便娟婉約，能移人情。」（《古詩源》）其《典論・論文》是我國文學批評史上第一篇專論，澤被後世，功不可沒。曹植才華橫溢，詩、賦、文俱佳，被鍾嶸譽為「建安之傑」。他是第一個致力於五言詩創作的詩人，其詩「骨氣奇高，詞采華茂，情兼雅怨，體被文質，粲溢古今，卓爾不群」（鍾嶸《詩品》）。使文人五言詩的創作達到了成熟的階段。其賦詠物、抒情、敘事，各類小賦均有，其中以〈洛神賦〉最著名。散文以書表最佳，文采絢麗，抒情性很強。

「建安七子」的得名源於曹丕《典論・論文》，論文中云：「今之文人，魯國孔融文舉，廣陵陳琳孔璋、山陽王粲仲宣，北海徐幹偉長、陳留阮瑀元瑜、汝南應瑒德璉、東平劉楨公幹，斯七子者，於學無所遺，於辭無所假，咸以自騁驥騄於千里，仰齊足而並馳。」七子之中除孔融外，均依附曹氏政治集團，並參與了鄴下文人群體的活動。

孔融在七子中年齡最高，名氣最大，因政治上與曹操不合，屢屢抨擊和譏諷曹操，被曹操冠以「違天反道，敗倫亂理」的罪名而殺戮。儘管如此，曹丕還是將其列為七子之首，稱其「體氣高妙，有過人者，然不能持論，理不勝辭，以至乎雜以嘲戲。及其所善，揚（雄）班（固）儔也」（《典論・論文》）。孔融死後，又出金帛向天下徵集孔融的文章。孔融以散文見長，氣盛於理，情感激越，豪氣奔放；語言華美整飭，氣勢奪人。

「七子」之中的王粲，被劉勰譽為「七子之冠冕」，又與曹植並稱「曹王」。鍾嶸《詩品》將其詩列為上品，是七子中成就最高的，其詩「蒼涼悲慨，才力豪健」（方東樹《昭昧詹言》），「方陳思不足，比魏文有餘」（《詩品》）。詩作以〈七哀詩〉為代表，賦以〈登樓賦〉最著名。曹丕深愛其才，與其交情篤厚，為王粲送葬時，令眾人學驢鳴，以享其生前所好，又作誄文悼念。

劉楨性情傲岸不羈，詩格真骨凌霜，剛勁遒健。鍾嶸在《詩品》中將其與曹植並稱「曹劉」，列為上品。元好問《論詩絕句》亦云：「曹劉坐嘯虎生風，四海無人角兩雄。」其詩氣盛言壯，不尚雕飾，〈贈從弟〉三首垂名後世。

其他諸子，阮瑀「書記翩翩」，陳琳「章表殊健」，二人擅長書記章表體散文。阮瑀〈駕出北郭門行〉、陳琳〈飲馬長城窟行〉皆流傳後世。徐乾擅長詩賦，曹丕云「其五言之善者，妙絕時人」（〈與吳質書〉），其賦「雖張（衡）蔡（邕）不過也」（《典論・論文》），又有學術著作《中論》，自成一家之言。才學優秀，志在著述，可惜早逝，未能遂志。其詩以〈別詩〉二首較有佳名，離情別思，行旅愁苦都寫得別有情致，亦有慷慨悲涼的情調。

曹氏父子為領袖，「建安七子」為羽翼，周圍又聚集了一大批作家，如工於詩文又擅小說的邯鄲淳、文才機辯各體兼長的繁欽、聰明絕頂才智敏捷的楊修，還有吳質、丁儀、丁廙、王象等，都與曹氏父子或其中某人友善、見重。「三曹」與「建安七子」的文學創作使建安文壇熠熠生輝，光照千古。

「三曹」與「建安七子」（除孔融外）及其他作家又形成了以曹魏政治中心鄴都（曹丕稱帝前）為活動地的「鄴下文人集團」。他們的文學交遊十分頻繁，常常飲酒聚會，吟詩作賦。

「三曹」與「建安七子」的創作共同開創了建安文學的輝煌局面。其詩歌創作代表著建安文學的最高成就，就內容而言，多是敘寫社會動盪的現實及抒發個人感懷；就藝術而論，它使五言詩登上了大雅之堂，並以慷慨悲涼的總體風格釀成一代詩風。劉勰在《文心雕龍・時序》中論曰：「觀其時文，雅好慷慨，良由世積亂離，風衰俗怨，並志深而筆長，故梗概而多氣也。」論述了建安文學的內容及風格與時代的關係。後人把建安文學的內容和風格特點稱為「建安風骨」，並大力加以推崇。李白有「蓬萊文章建安骨」（〈宣州謝朓樓餞別校書叔雲〉）之句，對建安風骨倍加推崇。陳子昂高唱「漢魏風骨」，奏響了古文運動的序曲。以「三曹」和「建安七子」為代表的建安文學，遠承風騷遺韻，近師樂府傳統，其藝術精神澤被後世，不絕如縷。

亂世霸主，文壇雄傑

曹操，字孟德，小字阿瞞，沛國譙（今安徽亳縣）人，漢末政治家、軍事家、詩人。生於東漢桓帝永壽元年（一五五年）。祖父曹騰，靈帝時為中常侍大長秋（宦官首領）。父曹嵩為曹騰養子，曾任司隸校尉、大司農等職，靈帝時花錢買到太尉官職。曹操的這種出身，在崇尚閥閱的時代，被罵為「贅閹遺醜」。

曹操年輕時任俠放蕩，飛鷹走狗。叔父見其遊蕩無度，多次狀告其父。於是，曹操心生一計。一次路遇叔父，佯裝中風，叔父慌忙告知曹嵩。曹嵩急忙趕來，見曹操無事，就問：「叔父言你中風，已好了嗎？」曹操說：「本就沒中風，叔父失愛於我，誣告而已。」自此叔父再告狀，其父不再相信了。可見，曹操自小就機警兼懷詐術。但曹操並非一般的鬥雞走狗式的浪蕩子弟。他博覽群書，雅愛文學，一生手不釋卷，卻從不死讀書。尤其喜歡兵法，廣蒐兵書，悉心揣摩，並集結成冊，名曰《接要》，意為兵法節要。又注《孫子兵法》十三篇。時值漢末亂離，曹操用心研究兵法，可見大志不淺。

曹操二十歲步入仕途，先任洛陽北部尉，後歷任頓丘令、議郎。初涉仕途，就敢作敢為，不畏強圉，顯示了傑出的政治才幹和勇氣。後遇黃巾起義和董卓之亂，使曹操的軍事才能嶄露頭角。曹操深知，亂世稱霸需仰仗軍隊，於是他散盡家財，建立了自己的一支軍隊，在討伐董卓和鎮壓黃巾起義中壯大起來，並在兗州建立了根據地。後又迎獻帝劉協到許昌，開始「挾天子以令諸侯」，征討各方軍閥。他先後消滅了呂布、袁術、袁紹、劉表等稱霸一方的軍閥，統一了北方。

曹操具有卓越的政治和軍事才能。在政治上，最卓著的舉措就是用人。唯才是舉，不拘品行，這是曹操為謀取霸業採用的基本用人政策。在曹操的麾下，確實聚集了一大批人才，從高門士族到寒門庶族，從文人名士到將校武夫，盡收罟中。曹操的「唯才是舉」政策，的確在混亂的政治、軍事角逐中取得了極大的成效。但曹操亦是「才」要唯我所用，對不聽命者、桀驁不馴者，則予以無情的打擊。名士孔融因屢譏曹操，被冠以不孝之名誅戮；楊修才智敏捷，被罪以惑亂軍心殺掉；擊鼓罵曹的禰衡傲岸剛烈，被送與黃祖借刀殺之；功勳卓著的荀彧也因反對曹操稱魏公、加「九錫」，迫令自裁；一代名醫華佗也死在曹操手中。因此，曹操的「唯才是舉」便遭到了後世史家的非議。然而，曹操亦有寬容大度之時。建安二年（一九七年）曹操伐張繡。張繡降後又叛，突襲曹軍殺其大將典韋、兒子曹昂、侄子曹安民，曹操也幾乎喪命於此戰。後張繡又降，他卻能不計損將殺子侄之仇，反與張繡結成兒女親家，並拜張繡為揚武將軍。陳琳為袁紹草檄罵他「贅閹遺醜」，陳琳降後亦任用為記室。所以在曹操的身上政治家的無情與寬宏、愛才與嫉賢，就這樣矛盾地統一在一起。

曹操通曉兵法，計謀奇出，善於用將。所以能從名微眾寡的小軍閥，特拔群雄，稱霸北方。百戰之中留下了令人不厭琢磨的以少勝多的「官渡之戰」，創造了軍事史上的奇蹟。

曹操不唯是揮鞭橫槊的幽燕老將，亦是雅愛文學的文壇領袖。曹操「文武並施，御軍三十餘年，手不捨書，晝則講武策，夜則思經傳，登高必賦，及造新詩，被之管弦，皆成樂章」（《三國志》注引王沈《魏書》）。曹操多才多藝，除深研兵法、雅愛文學外，對諸子百家、經學史傳、音樂、書法、圍棋等，均有濃厚興趣。這與曹操好學不倦的精神是直接相關的。

曹操一生鞍馬之餘，登高賦詩，對酒抒情，留下了許多佳篇名句。其詩今存二十餘首，均以樂府舊題寫時事，形式有四言、五言、雜言，尤以四言詩成就最高。

曹操詩歌多直寫動亂的現實，抒發慷慨悲涼的情懷及壯志豪情。〈薤露行〉、〈蒿里行〉以詩史般的語言描述了董卓之亂前後的現實景象。「白骨露於野，千里無雞鳴」構畫了悲慘的時代畫面。明鍾惺譽為「漢末實錄，真詩史也」（《古詩歸》）。〈苦寒行〉以軍旅生活為題，寫軍旅生活的淒苦艱辛。「樹木何蕭瑟，北風聲正悲！熊羆對我蹲，虎豹夾路啼。溪谷少人民，雪落何霏霏！」熊羆虎豹、寒風冬雪、落木悲風之景，寄寓了詩人多少悲情、多少哀嘆！

而〈短歌行〉、〈步出夏門行〉組詩則是詩人詠志抒情的佳作名篇。前者以歡宴嘉賓的場景，傾吐了思賢若渴的心曲，抒發了壯志未酬的憂傷。後者則以〈觀滄海〉、〈龜雖壽〉最著名。〈觀滄海〉登碣石眺望秋景，山景海象雄偉壯闊，勃發的豪情與凌越的氣概一併寓於景象之中。而〈龜雖壽〉則以神龜起興，以老驥作比：「神龜雖壽，猶有竟時」，「老驥伏櫪，志在千里」，把形象、哲理、情志融會一處，古雅高致，深切感人。曹操詩具有古樸剛勁、蒼涼悲壯的情調風格。尤其詩人自身的氣質使詩中流露著一股雄霸之氣。明胡應麟評曰：「魏武雄才崛起，無論用兵，即其詩豪邁縱橫，籠罩一世，豈非衰運人物。」（《詩藪》）

曹操的散文在文風趨於駢儷化的時代，卻能獨標一格。從流傳下來的大量的「令」、「表」、「書」來看，具有忌虛浮、講實用、清俊通脫、簡練明快的特點。所以魯迅稱他為改造文章的祖師，讚揚他的革新創造精神。

曹操以一代霸主之重，雅愛詩章，又網羅文學之士，形成了一個鄴下文人集團。王粲、劉楨、徐干、陳琳、阮瑀、應瑒、楊修、吳質、邯鄲淳、繁欽等，加上曹氏父子的創作，形成了「建安文學」創作的盛境。曹操的領袖之功千載難沒。

曹操於獻帝延康元年（二二〇年）病卒，時年六十六歲。遺令死後從儉葬斂，「斂以時服，無藏金玉珍寶」。曹操一生著述頗富，原有集三十卷，多散佚。明張溥《漢魏六朝百三名家集》輯有《魏武帝集》，今亦有中華書局本《曹操集》。

曹操一生戎馬倥傯，揮鞭橫槊之餘，雅愛詩章，且頗有佳製。鍾嶸《詩品》評曰：「曹公古直，甚有悲涼之句。」陳祚明曰：「曹孟德詩如摩雲之翅，振翮捷起，排焱煙，指霄漢，其回翔扶搖，意取直上，不肯乍下，復高作起落之勢。」（《采菽堂古詩選》）其詩如其人，褒貶不絕於後世。但以今觀之，其詩的思想內容與藝術成就，確是不同凡響。

曹操詩歌取材廣泛，述志、寫景、詠史、軍旅、遊仙，尤其是直寫現實的詩作，深沉凝重，頗得讚許。其詩〈薤露行〉、〈蒿里行〉，被鍾惺譽為：「漢末實錄，真詩史也」。（《古詩歸》）唐代詩人杜甫之前得此殊榮者唯曹操而已。

曹丕：公子・帝王・文人

曹丕，字子桓，沛國譙（今安徽省亳縣）人。生於漢靈帝劉宏中平四年（一八七年）冬，曹操次子。據《魏書》載：「帝生時，有雲氣青色而圓如車蓋當其上，終日，望氣者以為至貴之證，非人臣之氣。」（《三國志・魏志・文帝紀》注引）儘管曹丕降生便有帝王之兆，但卻生逢亂世。時值漢末，天下大亂，其父曹操與天下英雄逐鹿，東征西討，曹丕亦自幼隨軍轉戰四方。

長期的戎旅生活，自然給曹丕以很大的影響，他在《典論・自敘》中說：「餘時年五歲，上以世方擾亂，教餘學射，六歲而知射，又教餘騎馬，八歲而能騎射矣。以時多故，每徵，余常從。」年幼的曹丕不僅善武，而且能文。「年八歲，能屬文」，及稍長，逸才宏放，「遂博通古今經傳，諸子百家之書」（《三國志・魏志・文帝紀》注引《魏書》）。文武兼通的才能，為其以後統治天下奠定了堅實的基礎。

建安二年（一九七年），曹操率軍攻打荊州張繡，曹丕與兄曹昂隨同出征。結果被張繡打得大敗。曹操連人帶馬皆為流矢所中，不能行。曹昂因傷亦不能騎，遂將馬送於曹操。曹操得以逃脫，曹昂戰死。而曹丕獨以精湛的騎藝與箭術乘馬而逃，幸免於難。建安九年（二○四年），曹丕隨同曹操攻克袁紹的大本營鄴城。進駐袁府時，曹丕遇見了袁紹次子袁熙的妻子甄氏。甄氏長他五歲，姿容豔麗，於是曹丕納她為妾。相傳曹植也曾鍾情於甄氏，垂範千古的〈洛神賦〉，就是為感念甄氏而作。

攻下鄴城後，曹丕基本不再出征，開始了錦衣玉食的公子哥式的生活。宴飲遊樂，擊劍田獵，狎妓鬥雞，無所不好，而他最喜歡的是彈棋。《典論・自序》中說：「我與別人戲弄之事很少歡心，只有彈棋一種博戲，方能施展我的技藝。」曹丕彈棋，技藝很高，甚至用手巾角撥弄棋子都沒有不中的。這樣一個玩技甚高的公子哥，又是如何步入政壇，登上皇位的呢？

曹丕與曹植爭奪太子之位，長達十年之久。曹植文思敏捷，才華橫溢，但他「任性而行，不自雕勵，飲酒不節」，終於失寵於曹操。曹丕雖文學修養也很高，還是抵不上曹植，但他善於「御之以術，矯情自飾」。一次，曹操有事出鄴城，送行人眾多。曹植即席發表對父親的讚美之辭，曹丕才思不及曹植迅捷，只能甘拜下風。後來曹丕心腹吳質為他想出對策，讓他每遇這種場合，不與曹植比口才，只伏地痛哭，以示心誠。這一著果然奏效，人們都認為曹丕心誠超過曹植。曹操之心亦逐漸傾向曹丕，又受「立嫡以長」思想影響，終於在建安二十二年（二一七年）立曹丕為太子。

建安二十五年（二二〇年）正月，曹操在洛陽病逝。十月，獻帝退位，曹丕登基，成為魏國第一位皇帝——魏文帝。國都從鄴城遷到洛陽，改元為黃初。

從公子到帝王後，曹丕為了鞏固統治，在政治思想上採取了一系列措施。鑑於東漢宦官和外戚干預朝政的教訓，他規定「后族之家不得當輔政之任」、「其宦人為官者不得過諸署令」。在選拔人才上，他推行九品官人法，在州郡設中正官推舉人才。這種辦法的實行，不但沒有起到積極作用，反而導致了「上品無寒門，下品無世族」（《晉書・劉毅傳》）的局面。為緩和社會矛盾，曹丕下令放寬刑律，減輕賦稅。在思想上曹丕嚴格禮教，提倡養老扶幼，互相親愛。這些政令的推出，雖不是他的獨創，卻也使他的統治比較穩定。

在軍事上，曹丕想統一疆土。黃初三年（二二二年）十月，他親自率軍伐吳，打到江陵。黃初五年（二二四年）又南征孫權，打到廣陵，六年（二二五年）又親自率十餘萬兵出師。雖屢攻江南不成，沒有統一國土，曹丕卻趁勢削平了青、徐一帶的豪族勢力。

雖然曹丕已經登基，對曹植卻嫉恨在心。稱帝後，逼迫曹植七步之內成詩，否則將殺掉他。之後又多次轉徙曹植的封地，所封都是貧瘠荒涼之地。曹彰是曹丕的同母弟，性格剛毅威猛，立太子時一直支持曹植，曹丕對他更是仇怨極深，終以在棗中下毒的辦法害死曹彰。若不是太后干預，曹植也會遭同樣結果。曹丕由公子走上帝王寶座，仍不失文人學者風範。他自幼愛好文學，以著述為己任，一生沒有中斷過。他下令編纂《皇覽》，廣蒐先代典籍，以類相從，規模宏大，是我國最早的一部類書，可惜已散佚。

曹丕是建安文壇領袖之一。他竭力提倡文學，與當時著名文人宴飲唱和，往來甚密，為鄴下文人集團的實際領袖。現存詩歌約四十首，形式多種多樣，善於描寫男女愛情和離愁別恨。可是後人說他的成就遠不如曹操和曹植。

儘管歷來文論家們對曹丕的詩評價不一，但他的文學成就仍然是顯赫的。

曹丕既是一位帝王，又是一位詩人。他的詩如同一面鏡子，真實而形象地反映了那個時代的面貌。由於受漢樂府的影響，其詩在語言上樸素生動，風格清綺，感情真摯，頗具民歌風味。詩中所構造的獨特意境和感人至深的藝術形象，頗能感染讀者的心靈。正因此，曹丕的詩歌才具有了深廣的生命力，為歷代人們所讚賞。

在曹丕的詩歌中，寫征夫思婦哀情的詩篇占有相當的數量，大都通過對男女愛情的歌詠，來表現那個時代的精神面貌、社會狀況。這類詩中充滿了纏綿柔媚、哀情徘徊的情調。正如沈德潛在《古詩源》中所說：「子桓（曹丕）詩有文士氣，一變乃父悲壯之習矣。要其便娟婉約，能移人情。」七言〈燕歌行〉兩首即是這方面的代表作，被認為是言情名詩。

詩中描寫了一個女子在涼秋月夜，遙望著一河相隔的牽牛織女，懷念遠出不歸的丈夫。開篇兩句寫景，以景起興。風聲蕭瑟，草木凋零，露結為霜，整個大自然顯示出一派冷落寂寞的景象，很自然地觸動人們的離情別緒和懷人思遠的感情，為全詩定下了哀婉纏綿的基調。接下四句從怨婦角度寫丈夫。女主人公看到了堂前的燕子，空中的燕群都回到南方去了，觸景生情，柔腸寸斷，由己及夫，推想丈夫此時也正在「慊慊思歸」地想念著守望在故鄉的自己。愛極生恨，思極生怨，「君何淹留寄他方」一句便含有責怪之意。由「賤妾煢煢守空房」至結尾，用濃墨淋漓盡致地描寫了妻子思念丈夫的痛苦，塑造了一個忠貞不渝、悲思欲絕不能自已的思婦形象。「援琴」句是特寫，由思生愁，愁急撫弦，想用優美的琴聲撫去心頭的愁思。不曾想柔弱的「清商」曲調，反而加深了她心中的愁苦。最後兩句以牛郎織女天河阻隔，表達了女主人公獨守空閨的悲哀，令人泣下。全詩感情真摯，語言委婉纏綿，情景交融，善於借景言情，表現思婦的複雜微妙的心理。清王夫之評此詩說：「傾情傾度，傾色傾聲，古今無兩。」（《古詩評選》）〈燕歌行〉其二也是一首怨婦思夫詩，與〈燕歌行〉其一有著前後的承繼關係：從時間上看，其一是由白晝寫到深夜，而其二則由深夜寫到第二天清晨：「披衣出戶步東西，仰看星月觀雲間。飛鶬晨鳴聲可憐，留連顧懷不能存。」從空間上看，由「披衣出戶」可知作者的筆端已由室內伸向室外。從詩歌描寫的側重點來看，其一重在藉景言情，藉秋風、明月等襯出女主人公難以言表的內心世界。其二則側重於描寫渲染女主人公的心理活動，既有相聚時的歡樂回憶——「別日何易會日難」，又有別離後寂苦的難熬——「涕零雨面毀容顏，誰能懷憂獨不嘆」。全篇語言自然明麗，情調纏綿悱惻。

〈燕歌行〉二首不僅以其盪氣迴腸的情感震撼讀者的心靈，還是詩歌史上現存最早、最完整的七言詩。曹丕以前，東漢文學家張衡曾作七言〈四愁詩〉，但第一句中夾有「兮」字，尚不能算作真正的七言詩。曹丕〈燕歌行〉其一自始至終通篇使用七言句式，句句押韻，一韻到底。它的出現，對中國詩歌的發展具有深遠影響。

曹丕登基前，曾多次隨父出征，經歷過長期的軍旅生活。稱帝後曾親率大軍兩次伐吳。所以軍旅生活便成為他創作題材之一。例如〈飲馬長城窟行〉：

浮舟橫大江，討彼犯荊虜。

武將齊貫甲，徵人伐金鼓。
長戟十萬隊，幽冀百石弩。
發機若雷電，一發連四五。

這是一首描寫戰鬥場面的軍旅詩，寫得真實具體，有聲有色。開篇兩句用一「橫」字極有氣勢。三、四句開始正面描寫戰鬥場面，將士們伴著齊鳴的金鼓之聲勇猛前進。最後四句，分別從人和物（武器）兩個方面描寫了魏兵裝備的精良和士氣的高漲，進一步渲染了戰鬥的激烈，場面的壯觀。全詩用寫實的筆法將戰士的英雄形象展示在讀者的面前。此類作品還有很多。〈至廣陵於馬上作〉寫臨江觀兵，將士豪氣激盪。五言〈黎陽作〉側重描寫出征雄師威武雄壯的氣勢。

在曹丕的詩歌中，還有一些描寫浮華侈靡的享樂生活的。劉勰在《文心雕龍・明詩》中指出：這類作品的內容是「憐風月，狎池苑，述恩榮，敘酣宴」。例如〈於譙作〉中描寫的是侈靡的宴飲生活。「清夜延貴客，明燭發高光。豐膳漫星陳，旨酒盈玉觴」，寫開宴飲酒的盛況；「弦歌奏新曲，遊響拂丹梁。餘音赴迅節，慷慨時激揚」，寫宴飲中的歌樂；「獻酬紛交錯，雅舞何鏘鏘」，寫祝酒交錯歌舞翩翩。全詩都籠罩在一片歡樂豪侈的宴享景象之中。

曹丕的詩歌中還有描寫其他內容的作品，如描寫戰爭給黎民百姓帶來苦難的〈陌上桑〉、〈見挽船士兄弟辭別詩〉。〈於玄武陂作〉、〈芙蓉池作〉則是寫景詠物詩，色彩鮮明，清越流暢。

曹丕的詩歌不僅有真實的思想內容，而且以獨特的藝術風格為世人讚許。其詩真情動人，語言清麗俊逸、曉暢明白，既有文士之雅，又有民歌之俗，陳祚明評曰：「子桓筆姿輕俊，能轉能藏，是其所優。轉則變宕不恆，藏則含蘊無盡，其源出於〈古詩十九首〉，淡逸處彌佳，樂府雄壯之調，非其本長。」（《采菽堂古詩選》）其詩轉藏變宕手法多變，輕俊淡逸，基於民歌俚俗，成於文人雅制。因此，沈德潛稱其詩有「文士氣」。

曹植：才高八斗陳思王

「天下才共有一石，曹子建獨得八斗，我得一斗，自古及今同用一鬥，奇才敏捷，安有繼之。」（李瀚《蒙求集注》）這是頗為自負的謝靈運對曹植的高度評價，此中雖不無誇張，卻也寫出了曹植過人的才華。

曹植，字子建，沛國譙（今安徽亳縣）人。與父曹操、兄曹丕在文學史上被稱為「三曹」。生於漢獻帝初平三年（一九二年），自幼聰明慧悟，十歲時就已誦讀詩書、論及辭賦數十萬言，也喜好民間文學，對俳優小說也能大量熟記，善屬文。自稱「少小好文章」（〈與楊德祖（楊修）書〉），又曾說「少而好賦，其所尚也，雅好慨慷，所著繁多」（〈文章序〉）。在兄弟中間，素以才華出眾，有諢號曰「繡虎」，深得曹操寵愛。起初，對於曹植的才華，曹操也頗感懷疑，曾在觀賞他的文章後問他：「汝倩（請）人邪？」懷疑他是請人捉刀代筆而成。曹植跪地拜曰：「言出為論，下筆成章，願當面試，奈何倩人？」適逢鄴城（今河北臨漳縣附近）銅雀台落成，曹操率領諸子登台觀景，使各為賦。曹植援筆立成，在諸兄弟中寫得最快最好。曹操感到很驚訝，此後便有立他為太子之意。

曹植才思敏捷，風流倜儻，然而曹操雖極其稱賞曹植的才華，但對他的性格卻存有疑慮，並進行過多次的觀察和考驗。曹植終未能經受住這些考驗，在一系列事情上犯了過失，出了毛病，決定了他在立太子之爭中的失敗結局。與他截然相反，其兄曹丕則工於心計，同時很善於籠絡人心。建安二十五年（二二〇年）正月，曹操病卒於洛陽。曹丕順理成章地即位為魏王、丞相，並開始了對曹植的打擊迫害。

《世說新語．文學篇》記載：魏文帝曹丕欲害其弟曹植，令他七步之內作詩一首。若作詩不成將行大法，將他處死。曹植痛心疾首，應聲為詩曰：「煮豆持作羹，漉菽以為汁。萁在釜下燃，豆在釜中泣。本自同根生，相煎何太急？」魏文帝聽罷，深有愧色。黃初四年（二二三年）五月，曹植與白馬王曹彪、任城王曹彰等諸王按慣例一起朝會京師。朝會期間，任城王曹彰暴死，死因說法不一。因曹彰在立太子之爭中是站在曹植一邊的，所以有人懷疑是被曹丕害死。

黃初七年（二二六年）五月，曹丕病卒，長子曹叡即位，即魏明帝。曹叡登基後，將曹植從貧瘠的雍丘遷到肥沃的東阿，但在政治地位上並沒有獲得根本的好轉。魏明帝太和六年（二三二年），曹植又被徙封陳王。曹植深感自己的政治抱負無法實現，心情欲加鬱悶。同年十一月二十八日，即發病死去，享年四十一歲，朝廷謚之為「思」，因此後世稱他為「陳思王」。

從建安二十五年（二二〇年）曹操病卒，到魏明帝太和六年（二三二年），曹植在長達十二年的時間內受到曹丕父子兩代人的壓迫，人身自由被剝奪，終年過著「汲汲無歡」的生活。六次被更易封地，不允許親朋好友往來，更不允許參與政事，肉體和精神都承受著巨大的痛苦。這些往往都反映在他的後期文學創作中，使得曹植的文學創作明顯呈現為前後兩個時期。前期貴為公子，以才華出眾深得曹操的賞識和寵愛，抱負極高，以曹操的死為界，後期的詩歌則大多反映他內心痛苦，多為慷慨悲壯之音。

除了詩歌方面外，曹植在文、賦的創作上也取得了很高的成就。賦作中有〈洛神賦〉、〈愁霖賦〉、〈靜思賦〉、〈懷親賦〉等，其中〈洛神賦〉是其代表作。賦中通過夢幻境界的描寫，講訴了一個人神戀愛的悲劇。全篇詞采富麗，想象豐富奇特，描寫細膩，充滿了一種濃厚的神話夢幻色彩。在曹植的文章中，〈與吳季重書〉和〈與楊德祖書〉是兩篇有名的散文書札。〈求自試表〉和〈求通親親表〉則是兩篇駢儷成分極重的文章，形式上多採用對偶排比句或三、四、五、六言相間句式，顯得錯落有致，工整而不萎弱。

曹植生於漢末天下紛爭的時代，在其短暫的一生中，既經歷了「回山轉海不作難，傾情倒意無所惜」（李白〈憶舊遊寄譙郡元參軍〉）的輝煌與快暢，也經歷了「大道如青天，我獨不得出」（李白〈行路難〉）的壓抑與憤懣。可謂世事不定，人生無常。而這種大起大落的人生巨變，導致了曹植前後期詩歌創作內容與風格的巨變，也成就了這位漢末文壇的「建安之傑」。

曹植的一生以曹丕稱帝為界，可分為前後兩期。前期以其才高深受曹操賞識、寵愛。曹操一度有意將其立為太子。而此時正值曹操東征西討慾平復天下之時，曹植隨父征戰南北，「生乎亂，長乎軍」，目睹了動盪不安、四分五裂的社會現實，又受父親壯志雄心的影響，使他產生了強烈的功名事業心，激越昂揚，滿懷統一天下的宏偉志向。在這種形勢與自身思想的驅使下，其詩作也以描寫個人的雄心抱負為主。在這類作品中，尤以〈白馬篇〉最具代表性。

詩中寫道：西北邊地，戰事頻仍。連翩疾馳的騎兵，又預示著有大戰即將發生。首二句奇異突兀，落筆便緊扣讀者心弦，營造了一種緊張的氣氛。承此二句，作者用漢樂府民歌的表現方法，一問一答，自然地將「幽並遊俠兒」帶出，一位少小離家、揚名朔漠的英雄遊俠出現了。「宿昔秉良弓」以下八句，作者採用鋪陳的手法，極寫白馬英雄的超人勇武：早晚良弓不離手，勤於苦練，箭矢紛紛；左右皆可開弓，仰射飛猱，俯射馬蹄，上下左右，百發百中。作者以點代面，雖只寫其騎射，卻能概括他的全部武藝。正因如此，他才能夠矯捷賽猿猴，勇猛如豹龍，才能夠在「邊城多警急」之時「長驅蹈匈奴，左顧凌鮮卑」。

至此，一個武藝超群的英雄形象已經躍然紙上，然而作者並沒有就此止筆。自「棄身鋒刃端」以下，作者重在展示白馬英雄可貴的精神品質。拋卻父母妻子之愛，將個人生死置之度外，投身於鋒刃之中，為國赴難，視死如歸。這一段才是全詩的主題與靈魂所在，英雄的勇武精神，只有在「捐軀赴國難」之中才能得到昇華。

〈白馬篇〉抒發了作者的報國之志，白馬英雄的形象是作者用世理想的藝術寄託，也是他的自我寫照。

曹植雖才高，卻天性不羈。常「任性而行，不自雕勵，飲酒不節」。因飲酒誤事，漸漸失寵於曹操。而其兄曹丕雖才不及曹植，卻擅長「御之以術，矯情自飾」，工於心計。二人為取得太子之位而進行的鬥爭，最終以曹植的失敗而告終。建安二十五年（二二〇年），曹操病卒於洛陽。曹丕即位為魏王，而曹植的命運開始發生了一生中最大的轉折。曹丕開始一步步地對曹植進行打擊迫害，「十一年中而三徙都，常汲汲無歡」。雄心抱負無由施展，屢次橫遭打擊，使曹植內心痛楚不已，也使他的歌聲充滿了極度的悲憤、深沉的哀怨。〈贈白馬王彪〉無疑是後期詩作中感情最為激憤強烈的一首。

此詩「章法絕佳」（沈德潛《古詩源》）。敘事、寫景、抒情熔於一爐，交相輝映，穿插並行，使整個詩篇起伏變化、跌宕多姿。詩人將悲痛、激憤的思想感情，用章節蟬聯的轆轤體的形式，層層剝筍般抒發出來，使全詩既氣韻貫通，又節奏分明，顯示出高超的藝術技巧。強烈的感情，高妙的藝術手法，使此詩成為曹植詩中最為傑出的一篇。

憂憤、苦悶是曹植後期詩歌的主要基調。除〈贈白馬王彪〉外，〈野田黃雀行〉、〈七哀〉、〈雜詩〉、〈籲嗟篇〉等也表現了同樣的思想和心境。這些詩歌在藝術上已經明顯體現出了「辭極贍麗」、「句頗尚工」、「語多緻飾」（胡應麟《詩藪・內編》）的特色。而「骨氣奇高，詞采華茂，情兼雅怨、體被文質」（鍾嶸《詩品》）的藝術風格在此類詩中也得到了充分的表現。

曾幾何時，曹植燦爛風發，寵愛有加，「幾為太子者數矣」。然世事變遷，俯仰萬變，政治上的失意，心緒的被壓抑，反倒玉成了詩人曹子建，使他登攀上了建安詩歌的藝術頂峰。

讚美人神之戀的〈洛神賦〉

「其形也，翩若驚鴻，婉若游龍，榮曜秋菊，華茂春松。彷彿兮若輕雲之蔽月，飄搖兮若流風之回雪。遠而望之，皎若太陽升朝霞，迫而察之，灼若芙蕖出淥波。」人們不禁會問，如此美文出自何人之手？除了才高八斗的建安之傑陳思王曹植外，恐怕再沒有誰能寫出如此詞採華茂的文字了。

〈洛神賦〉是曹植辭賦中最具代表性的一篇，自古及今為世人所推崇。關於〈洛神賦〉的寫作目的，一般認為是受宋玉〈神女賦〉的影響，讚美一個美麗的女神。又舊說認為〈洛神賦〉是作者為感念甄氏而作。作者曾向甄逸女求婚，沒有成功。後來甄逸女竟為曹丕所娶，作者內心很是不平。他深愛此女，晝思夜想，忘記食宿。黃初中作者入朝，曹丕把甄后陪嫁的玉鏤金帶枕拿給作者看，此時甄氏已被郭后讒死。睹物思人，作者不禁泣下沾襟。曹丕見狀，略有所悟，令太子留下作者宴飲，以枕賚植。

曹植回封地，度軒轅不久，將息洛水之上，不覺又想起甄氏。冥冥之中，忽見女來。她說：「我本託心君王，其心不遂，此枕是我的從嫁，前與五官中郎將（曹丕），今與君王。」然後又說，她「為郭后以糖塞口，今被發，羞將此形貌重睹君王爾」。言訖，便飄忽而去。而後派人送珠於作者，作者以玉珮相回贈。悲喜之情不能自勝，於是作〈感甄賦〉。此賦為魏明帝曹叡所見，遂改名為〈洛神賦〉。這種說法，雖與史實不符，卻也道出了一段人神相愛而不能結合的故事。

〈洛神賦〉有序言和正文兩部分。序言文字簡潔，交代作賦的目的：一是想起關於洛水之神宓妃的傳說；一是有感於宋玉的〈神女賦〉，故而為之。

正文可分八段，作者藉助於神話傳說，通過奇幻的想象，描寫了一個人神相戀而終不能結合、滿懷哀怨分離的故事。塑造了美麗超凡、純潔多情的洛神形象。

第一、二兩段，作者先敘述自己從京城歸東藩，途中翻山越嶺，幾經跋涉來到洛川，縱目觀看，精移神駭，睹一麗人。然後以和御者對話的方式自然引出洛河之神。

第三段作者用濃彩重筆，極力鋪敘洛神之形貌。其文曰：

> 余告之曰：其形也……灼若芙蓉出淥波。穠纖得衷，脩短合度。肩若削成，腰如約素。延頸秀項，皓質呈露，芳澤無加，鉛華弗御。雲髻峨峨，修眉聯娟。丹唇外朗，皓齒內鮮。明眸善睞，靨輔承權。瓌姿豔逸，儀靜體閒。柔情綽態，媚於語言。奇服曠世，骨像應圖。披羅衣之璀粲兮，珥瑤碧之華琚。戴金翠之首飾，綴明珠以耀軀。踐遠遊之文履，曳霧綃之輕裾。微幽蘭之芳藹兮，步踟躕於山隅。於是忽焉縱體，以遨以嬉。左倚采旄，右蔭桂旗。攘皓腕於神滸兮，采湍瀨之玄芝。

此段詞采華茂，文質並兼，寄情於神。作者用生動細膩的傳神之筆首先描繪了洛神的嬌姿美態：「翩若驚鴻，婉若游龍。」閉目而思，洛神如在眼前。一連串精彩紛呈的比喻，更使洛神維妙維肖。我們也可從不同角度，去領略其風騷：光彩鮮明如秋菊，容光煥發如青松，端莊秀美之態躍然紙上。若隱若現，飄搖不定，如輕雲遮日，流風回雪。遠觀，若太陽從朝霞中昇起般明亮；近看，若芙蓉從清澈的水中挺出般鮮明。「出淤泥而不染，濯清蓮而不妖」（周敦頤〈愛蓮說〉），洛神高潔的品格不言而喻。

對洛神的容貌的描寫更是淋漓盡致。作者先從整體寫起：「穠纖得衷，脩短合度。」然後繪局部：從雲髻到肩腰，從丹唇到皓齒，從儀態到語言無一不繪。媚從中而生，情由此而顯。如此絕代佳人，怎能不令人產生愛戀之情呢！這絕俗之貌的描繪為下文寫對洛神之愛作了極好的鋪墊。

最後，作者描寫了其美妙絕倫的服飾。「璀粲」、「瑤碧」、「金翠」、「明珠」，瑩光閃閃，金碧輝煌。她的神態更是天真活潑、楚楚動人。一會兒在芳香濃郁的幽蘭中隱藏，一會兒踟躕在山腳下，一會兒又遨遊嬉戲。真叫人觀之忘世，神魂顛倒。

第四段寫作者「情悅其淑美」，又恐受騙的複雜心理。

洛神賢淑俊美的外貌，使作者「心振蕩而不怡」。苦於沒有良媒接歡，只能藉風波以傳情。又恐怕自己會像鄭交甫那樣被遺棄。（相傳，鄭交甫曾在水邊遇見兩位女子，女子贈他佩玉，可是他走了幾步，佩玉就不見了，再看那兩位女子也不見了。）但洛神不僅外表美，更重要的是內在美。她習禮明詩，面對作者的求愛，以美玉回贈，指潛淵為期。鑑於交甫之事，作者將信將疑，猶猶豫豫。而後按照禮儀規範自持下來。這段描寫突出了作者矛盾的心理——既愛戀又恐被遺棄。

第五、六兩段敘述洛神為作者的誠摯所感動後的舉止神態。

作者真摯的愛深深地打動了洛神。她「徙倚彷徨」以至「神光離合，乍陰乍陽」。她聳身鶴立，將飛未翔，在布滿「衡薄」的椒途上哀吟長嘯，以表達她的愛慕之心。

接著眾神出場相互嬉戲，襯托了洛神的孤寂，突出了一個癡情女的心理。「體迅飛鳧，飄忽若神。陵波微步，羅襪生塵。動無常則，若危若安。進止難期，若往若還。」這裡以動言情，將洛神既愛戀又猶豫的複雜心理充分地表達了出來，也把人神之戀推向高潮。

有盛必有衰。第七段直抒洛神因人神殊道，不得交接，飲恨而去。正當作者與洛神狂戀，結合成為必然之時，洛神突然離去。「屏翳收風，川後靜波，馮夷鳴鼓，女媧清歌。騰文魚以警乘，鳴玉鸞以偕逝。六龍儼其齊首，載雲車之容裔。鯨鯢踴而夾轂，水禽翔而為衛。」作者極力渲染了眾仙離去的動人景象。動靜結合，聲行兼備，場面宏偉。然後，作者描寫了洛神離去時悲哀的神情。她越北沚，翻南崗，忽然回轉頭來「動朱唇以徐言，陳交接之大綱。恨人神之道殊兮，怨盛年之莫當」。造成他們戀愛悲劇的原因，就是人神之別。臨別時，洛神又訴衷情：「無微情以效愛兮，獻江南之明璫。雖潛處於太陰，長寄心於君王。」字字含情，聲聲含淚，情真意切。洛神獻上「明璫」作為信物，以示永訣，使作品更充滿了悲劇的色彩。

最後一段寫作者在洛神離去之後的眷念之情。洛神的離去，使作者悵然若失，真希望洛神能再次出現。他駕輕舟逆水而上，流連忘返，情思綿綿，徹夜不眠，直等到天亮，也不見洛神的影子。無奈，只好命僕夫駕車踏上東歸之路。然而才舉起馬鞭，又「悵盤桓而不能去」。此段與開頭呼應，使全文結構完美無缺。女神是作者理想的寄託，他正是藉洛神表現自己對美好理想的追求以及理想破滅後的悵惘。人神不能在現實中結合，而只能於幻想中相戀。這正是曹植的悲哀與情殤。

〈洛神賦〉運用浪漫主義手法，塑造了一個美貌多情的洛神形象，抒寫了一段人神相戀的悲愴故事。作者運用細膩的筆觸來繪容貌，寫動作，描服飾，摹心理，藉助大量比喻和排比、對偶句，使洛神形象更加鮮明突出，生動感人。文章語言凝練，詞采華茂，極富變化，真可謂千古不朽。〈洛神賦〉受宋玉〈高唐賦〉、〈神女賦〉的影響，融會了楚辭的手法，創意頗深，在建安賦壇上標新立異，為抒情小賦的發展創設了一個新的境界。

曹植在〈與楊德祖書〉中曾說：「辭賦小道，固未足以揄揚大義，彰示來世也。」他雖持如此觀點，但還是寫了大量的賦，並且能夠銘功景鐘，著之綿帛。尤其是這篇〈洛神賦〉，更是文學史上的傑作。

《笑林》：中國第一部笑話集

笑話的起源很久遠，早在先秦諸子的著作中已有諷刺性的寓言，如《孟子》中的「揠苗助長」和《韓非子》中的「守株待兔」等已具有了笑話的最基本性質。後人從現實生活出發，繼承這一傳統加以演化，漸漸使笑話成為一種具有諷刺詼諧意味的特殊藝術形式。到漢代，流傳下來的笑話作品漸多，出現了許多笑話專家。據司馬遷《史記・滑稽列傳》載，淳于髡、優孟、優旃和東方朔都是當時說笑話的名家，如魯迅在《漢文學史綱要》中稱東方朔「漸以奇計俳辭得親近」，是供帝王取樂的「滑稽名臣」。

笑話一般是舉說違反常理之事，揭露矛盾荒誕之言行，使人受到啟發，在日常生活中有很重要的作用。它可以娛樂身心，亦可用諷刺的形式針砭時弊，所以逐漸引起文人們的重視。他們從民間採錄素材進行加工創作，到魏晉小說昌盛的時代，出現了中國最早的笑話專集《笑林》。之後，歷代續書不斷，遂成為一種獨立的文體樣式。因笑話所記乃人事，而非鬼怪異聞，所以歸入志人小說範疇。

《笑林》的著者邯鄲淳，是三國時魏文學家。一名竺，字子叔或子禮，潁川（今河南許昌）人，生於漢順帝永建七年（一三二年）。他博學多才，在年輕時就表現出非凡的才氣。據《後漢書・曹娥傳》注引《會稽典錄・邯鄲淳傳》載，東漢桓帝元嘉元年（一五一年），上虞縣令度尚為孝女曹娥立碑，先使魏朗作碑文，文成未出，欲以之試邯鄲淳才華。邯鄲淳遂「操筆而成，無所點定。朗嗟嘆不暇，遂毀其草」。後大文豪蔡邕在碑背上又題八個字：「黃絹幼婦，外孫齏臼。」即稱其碑文為「絕妙好辭」，於是出名。

邯鄲淳與「三曹」交厚。曹操素聞其名，在曹娥碑下與楊修比智時見過碑文，曾「召與相見，甚敬異之」。時曹丕、曹植都欲招納他，曹操命之跟隨了曹植，頗受曹植敬重。曹丕即位後，於黃初初年（二二一年）任博士給事中（顧問應對之官）。他曾獻〈投壺賦〉千餘言，有文采，也很有感情。自敘奉命隨植，又見召於魏。賦中有討好曹丕之意，但寫得又很實在，情真意切，很受曹丕賞識，「文帝以為工，賜帛千匹」。

《笑林》是我國最早的一部笑話集。《隋書・經籍志》著錄為三卷，原書已散佚，今有清馬國翰《玉函山房輯佚書》本，魯迅《古小說鉤沉》輯入二十九則，《太平廣記》選入十五則。作品文辭犀利，筆調滑稽幽默，刻畫人物鮮明形象，故事情節生動有趣，在詼諧的氣氛中發人深思。

《笑林》中有的故事刻畫了吝嗇鬼形象。中外文學史上吝嗇鬼的形象如嚴監生、阿巴貢、葛朗台等都給讀者留下了深刻印象。《笑林》中「漢世老人」也是這樣一個形象：「漢世有人，年老無子。家富，性吝嗇，惡衣疏食，侵晨而起，侵夜而息，管理產業，聚斂無厭，而不敢自用。或人從之求丐者，不得已而入內取錢十，自堂而出，隨步輒減，比至於外，才餘半在，閉目以授乞者。尋復囑云：『我傾家以贈，慎勿他說，復相效而來！』老人俄死，田宅沒官，貨財充於內帑矣。」故事諷刺了「漢世老人」。取錢的過程及給錢時的情態、語言都令人捧腹，刻畫出了一個吝嗇鬼的形象。

有的故事諷刺了財迷心竅、不勞而獲的思想意識。如〈讀淮南方〉云：「楚人居貧，讀〈淮南方〉：『得螳螂伺蟬自障葉，可以隱形。』遂於樹下仰取葉。螳螂執葉伺蟬，以摘之，葉落樹下。樹下先有落葉，不能復分別，掃取數鬥歸。一一以葉自障，問其妻曰：『汝見我不？』妻始時恆答言：『見。』經日乃厭倦不堪，紿云：『不見。』嘿然大喜，齎葉入市，對面取人物，吏遂縛詣縣。縣官受辭，自說本末。官大笑，放而不治。」故事中的楚人迷信方術，妄想用不正當的手段取他人財物，這種想入非非的做法自然顯得愚蠢可笑。荒唐的行為中也反映出某種不勞而獲的思想意識。

書中還有些嘲諷自作聰明、行事可笑的故事。如〈長竿〉云：「魯有執長竿入城門者，初豎執之，不可入；橫執之，亦不可入，計無所出。俄有老父至，曰：『吾非聖人，但見事多矣。何不以鋸中截而入。』遂依而截之。」老父完全依靠經驗，不注重實際，自以為聰明，替人亂出主意。故事對自作聰明之人具有警示作用。另如不懂裝懂，誤讀藥方而貽笑大方的〈某甲〉條等，亦屬此類。

《笑林》中也有諷刺投機鑽營、阿諛奉承之徒的笑話。如〈有甲〉條載：「有甲欲謁邑宰，問左右曰：『令何所好？』或語曰：『好《公羊傳》。』後入見，令問：『君讀何書？』答曰：『唯業《公羊傳》。』試問：『誰殺陳他者？』甲良久對曰：『平生實不殺陳他。』令察謬誤，因復戲之曰：『君不殺陳他，請是誰殺？』於是大怖，徒跣走出。」此人拜謁官長，投人所好，企望以此獲得賞識，終因自己不學無術、胸無點墨而狼狽地光腳跑出來，可為投機鑽營、溜鬚拍馬者之鑑。

書中還有些故事諷刺了官吏的昏庸無能，很有喜劇色彩。如：「甲與乙爭鬥，甲嚙下乙鼻，官吏欲斷之，甲稱乙自齧落。吏曰：『夫人鼻高而口低，豈能就嚙之乎？』甲曰：『他踏床子就嚙之。』」昏官的斷語似乎是正確的，但他自以為是的莊重推理令人忍俊不禁。

屠刀下的聖人後裔孔融

一代名士孔融，被送上了禮教的祭壇，死於曹操的刀下。儘管曹操並不是禮教的信徒，卻還是以敗壞倫常的罪名殺了他，不知九泉之下孔融作何感想。孔融之死引起朝野震驚，可面對隻手遮天的一代梟雄曹操，人們實在也無可奈何。而在歷史的長河中，卻給人留下了悠長的思索。

孔融，生於東漢元嘉三年（一五三年），字文舉，魯國（今山東曲阜）人，孔子二十世孫，為「建安七子」之一。他曾做過北海（郡治在今山東濰坊西南）相，故世稱「孔北海」。孔融身為「聖人」的後裔，自幼受到良好的教育和傳統文化的薰陶，本人又聰慧過人，史書稱其「幼有異才」。四歲時，嘗與其兄食梨，他先揀小者食之，大者讓與其兄，「孔融讓梨」成為典故。十歲時隨其父來到當時的京都洛陽。當時河南府尹李膺名動京師，士人以被李膺接納為榮，名為登「龍門」。孔融很想見見此人，可是李膺輕易不接納賓客，更何況幼小的孔融了。李膺曾告誡過府上的守門人：「不是當世的名人及世交，都不得通報。」小孔融於是心生一計，來到李府門前，對守門人說：「我是李君世交家子弟。」守門人聽後忙去報告李膺，李膺立刻請來相見。孔融進來後，李膺見是一個小孩，又從未見過，於是心存疑惑地問道：「您的祖父曾與我有來往嗎？」孔融答道：「是的！我的先祖孔子和您的先祖老子，德義相同又互相為師友，那麼，我孔融和您就是累代世交了。」在座的人無不稱歎其機智與辯才。這時太中大夫陳煒進來了，座中有人把此事告訴給他。陳煒隨口說道：「小時候聰明，長大後未必出奇。」孔融立刻諷刺他說：「聽您所說的話，大概您小時候就很聰明吧！」一句話把李膺笑得前仰後合，大為讚嘆道：「此子將來必成大器！」

孔融十三歲時，父親去世。孔融悲哀過度，以孝聞名於州里。十六歲時，飛來一場橫禍。當時，山陽人張儉得罪了中常侍侯覽，侯覽追捕張儉。張儉和孔融之兄孔褒有舊交，就逃到孔家。正趕上孔褒不在家，張儉見孔融年少就不打算投奔孔家了，準備離開。可孔融看見張儉面有難色，便說：「哥哥在外，我難道就不能做主人招待您嗎？」於是，收留了王儉。後來消息洩露，侯覽來捕王儉，王儉逃脫。於是孔融、孔褒兄弟二人被捕下獄。在獄中，孔融說：「張儉是我所藏的，應當治我的罪。」孔褒說：「張儉是投奔我而來的，這不是弟弟的罪過。」而孔融母親也說：「我是一家之長，應當受罰的是我。」一家人爭著去死，一時傳為美談。判這個案子的官吏，也難以決斷，只好上推到皇帝那裡，皇帝下詔治罪了孔褒。十六歲的孔融也因此案而名聲大振。

少年孔融就博學多覽，才華出眾，以孝義名顯當時。

孔融初仕，在司徒楊賜府中任幕僚。當時隱埋官吏貪濁汙行的人，將加以貶黜。孔融對宦官親屬大加檢舉，以至尚書懼為內寵所逼，召孔融責問，但孔融列舉其罪狀，不屈不撓。何進由河南尹升遷為大將軍，楊賜派孔融持名帖前往賀喜。門人未及時通報，孔融奪過名帖，扔到地下便走了。何進下屬感到受辱，私下派劍客欲追殺他。有人向何進進言：「孔融名氣很大，如果將軍和他結怨，天下之士則會引領而去。不如以禮相待，以顯示招賢納士的胸懷。」於是何進闢孔融為侍御史。後歷任司空掾、拜中軍侯，又遷虎賁中郎將，黃巾起義時任北海相。

及獻帝都許昌，徵孔融為將作大匠，遷少府、太中大夫等職。在曹操當政時期，孔融因政治態度與曹操不同，常對曹操屢加抨擊。官渡之戰，曹操打敗袁紹，攻下鄴城後，曹丕見袁紹之子袁熙妻子甄氏美貌絕倫，私納為妻。孔融對此頗為不滿，便給曹操寫了封信，信中稱：「武王伐紂，以妲己賜周公。」曹操不明其意，問孔融典出何處。孔融說：「以今天來猜測古人，想當然而已。」後來曹操又北征烏桓，孔融又諷刺說：「大將軍您遠征荒漠海外，當年肅慎不向周朝貢楛矢，漢代匈奴丁零人盜走蘇武牛羊，這回可以一併糾察此案了。」

曹操上表禁酒，孔融也上疏和他對抗，且書中多有侮慢不恭之詞。孔融察覺曹操奸詐，存心不良，挾天子以令諸侯，必有篡逆之心，便上疏建議恢復「古王畿之制」，即京城周圍千里之內不封諸侯，由朝廷直轄，以加強漢室皇權，削弱曹氏。

曹操最初因孔融乃聖人後裔，在當時名氣頗大，故對其多次忍讓。但由於孔融三番五次與自己作對，所以最終決心將其除掉。他令丞相軍謀祭酒路粹羅奏罪狀，以圖謀叛亂和大逆不道的罪名逮捕了孔融，於建安十三年（二〇八年）將其處死。孔融時年五十六歲。妻與子女均被殺。當時，孔融的兒子九歲、女兒七歲，因為年幼沒有被殺，寄於別處。二人聽說父親被捕的消息時，正在下棋，而且不動聲色。跟前的人就問：「你們父親被捕了，為什麼不動聲色還在下棋？」孩子回答說：「鳥巢被毀，怎麼會有鳥卵不破的道理呢？」主人拿來肉湯，哥哥因口渴就喝下了。妹妹說：「今天遭此禍，豈能長久活下去？怎麼還品嘗肉味呢？」有人把此事告訴曹操，於是兄妹二人也被收入獄中。妹妹對哥哥說：「如果死者有知，能夠見到父母，豈不是莫大的心願嗎？」兄妹二人引頸就刑，聲色不變。當時人們無不感到悲傷。

當初，脂習與孔融交往很深，常勸誡孔融要改變剛直的性格。到了孔融被害時，連個敢收屍的人都沒有，唯脂習前往收屍。他撫屍痛哭說：「你拋下我死去了，我還有什麼活頭呢？」曹操聞知大怒，下令把他逮捕，準備殺掉，後因天下大赦，他才免於一死。

曹操殺掉孔融後，為了平息朝野輿論，下了一道〈宣示孔融罪狀令〉，文中說：太中大夫孔融已被正法，然而社會上的人多取其虛名，很少有人考核他的本質。只看到他浮華的文才，變換花樣，故弄玄虛，不去仔細考察他傷風敗俗之事。州裡的人說平原人禰衡接受和傳播孔融的謬論，認為父母和子女沒有什麼親情關係，十月懷胎不過像瓶子盛東西一樣。又說如遇荒年，父親不好，寧可贍養別人。孔融違背大道，敗壞倫理，即使殺掉他，暴屍街頭示眾，也仍恨太晚。現將孔融的罪狀公諸於眾，讓大家都知道。

孔融也是著名的文學家。其創作以散文見長，語言華美整飭，且剛勁有力，鋒芒畢露，氣勢逼人，顯示出鮮明的個性。代表作有〈論盛孝章書〉、〈薦禰衡表〉。其詩今存七首，以〈雜詩〉二首較有名，也表現出慷慨激昂的情調。魏文帝曹丕曾出金帛於天下，徵集孔融的文章，並在《典論・論文》中，將孔融列為「建安七子」之首。七子之中唯孔融反曹操，其他六人皆為曹氏效力。曹丕評價孔融：「體氣高妙，有過人者，然不能持論，理不勝辭，以至乎雜以嘲戲。及其所善，揚（雄）、班（固）儔也。」劉勰《文心雕龍・才略篇》說：「孔融氣盛於筆。」張溥在《漢魏六朝百三名家集・題辭》中論道：「東漢辭章拘密，獨少府（孔融）詩文，豪氣直上。」這些評價都是合乎實際的。

建安「七子之冠冕」：王粲

建安時期作家蔚起，群星燦爛。「七子」並駕齊驅，馳騖於文壇，然就文學成就而言，王粲當為其首。所以劉勰在《文心雕龍・才略》中評曰：「仲宣溢才，捷而能密，文多兼善，辭少瑕累，摘其詩賦，則七子之冠冕乎！」鍾嶸《詩品》也將其詩列為上品。

王粲，字仲宣，山陽高平（今山東鄒縣）人。生於東漢熹平六年（一七七年）。曾祖父王龔在東漢順帝時為太尉，名重天下。祖父王暢在靈帝時為司空，名在「八俊」。父王謙為大將軍何進長史。王粲出身顯赫的世族家庭，又以聰明早慧聞名於時，頗受當時宿儒蔡邕的賞識。一次，少年王粲去拜謁蔡邕。當時蔡府正賓客滿座，蔡邕聞聽王粲到來，急忙「倒屣迎之」。眾人以為何等人物駕臨，一看卻是個容貌短小、年少稚氣的小孩，滿座皆驚詫不已。蔡邕向眾人介紹說：「此王公孫也，有異才，吾不如也。吾家書籍文章，盡當與之。」

後果送了幾車書給王粲。蔡邕的器重使王粲的神童之名更加聞於當世。於是，年僅十七歲的王粲就曾為司徒所闢，又詔授黃門侍郎，皆因時局混亂辭而不就，乃南下荊州投奔了劉表。荊州是當時士人避亂所趨之地，荊州牧劉表又是王粲祖父王暢的門生。南下途中「出門無所見，白骨蔽平原」，少年詩人哀痛亂離，寫下了著名的〈七哀詩〉第一首。到了荊州，最初劉表因聞其才名想把女兒嫁給他，但見王粲身材短小，形貌醜陋，轉而將女兒嫁給了王粲的族弟。同時，王粲在荊州十五年也一直未得重用。

王粲在荊州依附劉表期間，雖在政治上未得重用，但劉表出身太學，也是名士，對其文學才能也是需要的。王粲在這期間寫了一些應制及歌頌劉表之作，如〈三輔論〉，代劉表致袁譚、袁尚的書信，〈荊州文學記官志〉等。又寫了一些抒情言志的詩賦作品，如《贈蔡子篤》：「悠悠世路，亂離多阻。濟岱江衡，邈焉異處。風流雲散，一別如雨。」詩中哀時傷亂，別情慘然。其「風流雲散，一別如雨」，「鍊得精峭」，「飄渺悲悽」，尤為後人稱道。又有名作〈登樓賦〉和〈七哀詩〉第二首，詩賦抒發了在荊州抑鬱不得志及思鄉懷舊意緒。悽愴悲傷之情，懷才不遇之感，流於筆端。這一賦一詩在建安文壇上頗具代表性。

建安十三年（二〇八年），劉表病死，子劉琮繼守荊州。時曹操南征，劉琮在蒯越等主降派的勸諫下，投降了曹操。王粲也屬主降派，他曾勸諫劉琮歸降曹操說：「如粲所聞，曹操故人傑也。雄略冠時，智謀出世，摧袁氏於官渡，驅孫權於江外，逐劉備於隴右，破烏丸於白登，其餘梟夷盪定者，往往如神，不可勝計。今日之事，去就可知也。將軍能聽粲計，捲甲倒戈，應天順命，以歸曹公，曹公必重將軍。保己全宗，長享福祚，垂之後嗣，此萬全之策也。粲遭亂世，托命此州，蒙將軍父子重顧敢不盡言！」

劉琮採納其言歸降了曹操，曹操闢王粲為丞相掾，賜爵關內侯。為表慶賀，曹操置酒漢水之濱，王粲舉杯頌揚曹操：「明公定冀州之日，下車即繕其甲卒，收其豪傑而用之，以橫行天下；及平江、漢，引其賢俊而置之列位，使海內回心，望風而願治，英雄畢力，此三王之舉也。」頌揚曹操任用賢才，在由不得志到被重用的王粲那裡，的確是發自心聲，並非是無端的溢美之詞。從此，王粲便加入了曹氏集團，並成為鄴下文人集團的成員。曾任曹操軍謀祭酒，曹操封魏王後拜為侍中。

王粲的後半生頗為得意，很得曹操的賞識和信任，經常伴隨曹操遊觀出入，與曹丕、曹植的關係也很融洽。所以在創作中像從前〈七哀詩〉、〈登樓賦〉那種傑作，那樣的悲涼悽愴的情感，就很少見到了。王粲曾隨曹操南征北戰，寫下了一些軍旅生活的詩賦，像〈初征賦〉、〈浮淮賦〉、〈從軍詩〉五首等。其〈從軍詩〉寫於建安二十一年（二一六年），是其後期較好的詩作。詩中讚美曹軍克敵制勝，體現了昂揚樂觀的人生精神。

王粲與曹氏父子及其他鄴下文人，常遊宴相從，吟詩作賦。《文心雕龍・明詩》曰：「暨建安之初，五言騰踴，文帝、陳思，縱轡以騁節，王、徐、應、劉，望路而爭驅；並憐風月，狎池苑，述恩榮，敘酣宴，慷慨以任氣，磊落以使才。」曹丕亦曰：「為太子時，北園及東閣講堂，並賦詩，命王粲、劉楨、阮瑀、應瑒稱同作。」（《初學記》卷十引《典論・敘詩》）王粲的〈公宴詩〉、〈車渠碗賦〉、〈白鶴賦〉、〈鸚鵡賦〉等詩賦作品，都是這種環境下的產物。

王粲雖體貌短小，但才華出眾，博聞強記。一次，與人同行，讀路邊碑文。人問：「卿能暗誦乎？」曰：「能。」於是背誦碑文，一字不差。曾看人下圍棋，棋局被碰亂，他為人重擺如故。下棋的人都不相信，又叫他用另一棋盤再擺，結果還是一點不差。王粲博學多通，對經學、典章制度、詩賦、文章乃至數學、棋藝無所不通，又善於應對論辯，聰明絕頂。當時制度廢弛，他予以興建。朝廷奏議，因有王粲在，像鍾繇、王朗等位至卿相者都擱筆不敢動手了。《三國志・王粲傳》稱其：「善屬文，筆落便成，無所改定，時人常以為宿構；然正復精意覃思，亦不能加也。」

不幸的是建安二十二年（二一七年），王粲死於征吳的軍中，是一場流行傳染病奪去了他年僅四十一歲的生命。死後，曹丕親自送葬。埋葬完畢，曹丕懷念之情似猶未盡，想起王粲平時喜歡驢叫，便叫同來送葬之人，都作一聲驢叫，於是墳地裡響起一片驢鳴聲。王粲喜驢鳴已夠怪誕，而曹丕強迫眾人學驢叫以送別王粲，就更為反常了。然其中二人交情的深厚，可見於這滑稽之舉。

諸葛亮：出師一表真名世

「出師一表真名世，千載誰堪伯仲間？」（〈書憤〉）這是南宋大詩人陸游對三國時蜀相諸葛亮的稱頌。諸葛亮一生為興復漢室南征北伐，嘔心瀝血，功高日月，名垂青史。詩中所言〈出師表〉為諸葛亮北伐曹魏之前所上奏表，在浩瀚文海中，獨樹高標，罕有匹者。

諸葛亮，字孔明，琅琊陽都（今山東沂水縣南）人。生於漢靈帝劉宏光和四年（一八一年）。父母早逝，兄諸葛瑾又往江東做了孫權的謀士，十五歲時的諸葛亮就挑起了生活的重擔。幾經流離之後，他帶著妹妹、弟弟終於找到了安身立命之地——襄陽以西二十里的隆中臥龍岡，開始了躬耕壟畝、自給自足的田園生活。

安居隆中後，諸葛亮拜當地名士龐德公為師，潛心苦讀，孜孜以學，終於學得滿腹經綸。龐德公對他與侄兒龐統十分讚賞，分別稱之為「臥龍」、「鳳雛」。諸葛亮少懷大志，常以管仲、樂毅自比。但時人不以為然，唯有好友崔州平、徐庶等認為他所言不虛，並非自我炫耀。

「二桃殺三士」出自《晏子春秋》，意在彰表晏子之重禮。諸葛亮反其意而用之，通過對三士的傷悼，譴責了讒言害能的陰謀行徑。

劉備以漢室宗親之名，起而與天下豪傑並爭，但人單勢孤，終無立足之地。漢獻帝劉協建安十二年（二〇七年），經徐庶舉薦，劉備親往隆中，三顧茅廬，拜請諸葛亮，請授霸業大計。諸葛亮雖高臥隆中，卻洞曉天下大勢。他客觀地為劉備指出了唯一可行的道路，先與孫權、曹操成鼎足之勢，然後伺機兵出秦川，進取中原，則霸業可成。這就是著名的「隆中對策」。感劉備三顧之誠，諸葛亮出山輔佐。從此，隆中臥龍騰起，四海風雲頓生。天下英雄逐鹿，諸葛千載留名。

建安十三年（二〇八年），曹操揮軍南下，意欲併吞孫、劉。諸葛亮審時度勢，提出聯吳抗曹的主張。並隻身遊說江東，智激孫權，促成了孫劉聯盟，最終取得了赤壁之戰的勝利，為三國鼎立奠定了堅實的基礎。建安二十五年（二二〇年），曹丕代漢建魏；次年劉備也在成都稱帝，國號漢，史稱蜀漢。孫權於黃龍初年（二二九年）也正式稱帝，國號吳，史稱孫吳。至此，三國鼎立局面正式形成。

劉備稱帝後，任諸葛亮為相，總理內外事物。蜀漢章武二年（二二二年），劉備在夷陵之戰中慘敗，病重白帝城。臨終托孤於諸葛亮：「若嗣子可輔，輔之。如其不才，君可自取。」並告誡劉禪：「與丞相從事，事之如父。」諸葛亮跪拜涕泣：「臣敢竭股肱之力，效忠貞之節，繼之以死。」如此坦誠托孤，恐怕是前無古人，後無繼者。

自此，諸葛亮謹從先主劉備遺命，忠心耿耿輔佐後主劉禪，以完成劉備未竟之大業。依法治蜀，賞罰必信；興修水利，勸事農桑；七擒孟獲，平定南中。這一系列措施的實施，使蜀漢國力大大增強。

自後主劉禪建興六年（二二八年）至建興十二年（二三四年），諸葛亮先後五次率兵北伐，皆因種種原因而失利。諸葛亮也因積勞成疾，終於建興十二年病逝於北伐途中的五丈原，終年五十四歲，謚曰「忠武侯」。

〈出師表〉寫於後主劉禪建興五年（二二七年）、諸葛亮第一次出師北伐之前。他上此表的目的是希望國內政治修明，後方穩定，使其北定中原的計劃得以順利實現。

此表勝在一個「情」字。第一部分寓情於議，第二部分寓情於敘，最後集中表達了感恩圖報的心情。情辭懇切，一字一句皆發自肺腑。孔明一片丹心，溢於言表，感人至深，催人淚下。

諸葛亮「受任於敗軍之際，奉命於危難之間」，運籌帷幄，決勝千里，廉潔自律，事必躬親，為蜀漢政權披肝瀝膽，殫精竭慮。赤壁之戰，三足鼎立，平定南中，以法治蜀，木牛流馬，八陣圖，無一不是他作為傑出的政治家、軍事家的傑作。但「出師未捷身先死，常使英雄淚滿襟」，也常常令後人嘆惋，寄之以詩詞文賦，或仰其人格，或頌其偉業，或嘆其未終，林林總總，層出不窮。

魏晉時期竹林下的名士

從枝葉扶疏、青翠欲滴的竹林深處，又傳出了悠揚的琴聲，不用說，竹林下的名士們又在那兒集會了。他們就是世稱「竹林七賢」的七位文人賢士。據《魏氏春秋》記載，魏晉間嵇康「與陳留阮籍、河內山濤、河南向秀、籍兄子咸、琅琊王戎、沛人劉伶相與友善，游於竹林，號為七賢」（《三國志・魏志・嵇康傳》裴松之注引）。「竹林七賢」之說即由此而來。他們是繼王弼、何晏等正始名士之後，又一次在歷史思想舞台上有著出色表演的一群「演藝者」。

嵇康的家鄉山陽（今河南省焦作市修武附近）是一個風景優美的地方，太行山的支脈白鹿山橫貫其中，山中有天門谷、百家岩等名勝。這兒有著茂密的樹林，青翠逼目的修竹。山澗中溪水潺潺，竹林中鳥鳴婉轉，一年四季風景如畫，令人流連忘返。當時在這裡隱居的名士還有阮籍、山濤、向秀、王戎、阮咸、劉伶六人。出於對清談的雅好、社會現實的共同理解、彼此間的仰慕，他們不約而同地走到了一起。在這裡，賢士們頭枕青石，臥聽竹林濤聲；背依綠水，坐飲醇香美酒；撫琴奏高山流水，暢言論三玄五德。這是一方淨土，在這遠離塵囂的地方，可以呼吸到清新自由的空氣，盡情地陶醉於水光山色之中。

這就是竹林七賢的生活。但是，這只是一種表面現象。竹林七賢絕不是一群無拘無束的神仙，也非韜光養晦的隱士。實際上他們本是一群有著遠大理想、宏偉抱負的名士，如逢明世，完全可以有一番作為。但殘酷的社會現實使得他們不得不放浪山水，這是一種無奈的選擇，作出這種選擇的依據首先是血淋淋的社會現實。

正始十年（二四九年）正月初六，司馬懿父子趁少帝曹芳等到洛陽城外的高平陵掃墓之機，發動政變。結果，曹爽兄弟被殺，何晏、鄧颺、丁謐、李勝、畢軌、桓範等一大批名士亦慘遭殺害，一時天下名士減半。司馬懿大權在握，改年號嘉平。次年，司馬師又捕殺夏侯玄、李豐等幾位正始名士，株連者亦甚眾。不僅如此，司馬氏集團還將曹魏幾代少帝玩弄於股掌之中，或廢或立，任意而為。司馬氏集團的殘酷暴行不但震撼了名士們的思想，也在他們的心靈深處，留下了難以彌合的創傷。他們似乎感覺到，劊子手的刀，時刻高懸在自己的頭上，他們再也不敢或不願涉足世事了。

痛定之餘，便是冷靜的思考。傳統的以重實踐、重人事、重倫理等思想為特徵的儒學，發展至西漢，被套上了神學的枷鎖，以經學的面目出現。這本身便使儒學陷入了困境。在經歷了兩漢今古文之爭和漢末黨錮之禍以後，它再也不能作為士人們的精神支柱了。很自然的，他們要去自由地尋找新的精神依託。在這種情況下，老莊哲學重新復活了。在道家「道法自然」的宇宙觀和「清淨無為」的政治思想直接哺育下，新時代的哲學——正始玄學產生了。它標舉「虛勝」、「玄遠」，具有超脫現實，歸於自然的性質，恰好符合處於悲觀失望中的名士們的心理，藉此他們可以全身避禍，還可以保持自尊。這就是竹林七賢遺棄世事，同作竹林之遊的哲學出發點。

竹林七賢集會的時間，大約在魏正始末年（二四九年）至嘉平四年（二五二年）間。因為此時嵇康正閒居在家，而山濤與阮籍也分別在這時辭官歸隱，為竹林之會提供了機會。嘉平四年，阮籍、山濤、王戎相繼出仕，再也沒有集會的時間。因此，竹林之會當在此間的三四年之內。

他們集會的具體場面我們無法考證，但從發掘的〈高逸圖〉中可以看到當時集會時各人的形象：阮籍赤足箕踞而坐，撮指入口，嘯聲迴盪在山中；嵇康如孤松臨風，端坐傲視，從手指間流出的悠揚的琴聲在林間縈繞不散；劉伶、山濤酣醉酒中；王戎手執如意，意欲擊節而舞；還有鍛鐵灌園的向秀、善彈琵琶的阮咸，無不情態畢具，栩栩如生。

七位賢士雖然長幼相雜，俗雅不一，聚於林下，卻無等級之別，歡娛調侃，酣飲為常。一日，嵇康、阮籍、山濤、劉伶在竹林下盡興飲酒，正值酣暢淋漓之際，王戎來到。阮籍端著酒杯笑著說：「那個一身俗氣的東西又來敗我們的酒興了。」王戎也笑著反唇相譏：「那麼各位的意思是不是也敗人興呢？」七賢除飲酒嘲戲、彈琴賦詩等自娛自樂之外，活動的另一主要內容恐怕就是談玄了。他們暢言正始以來最為時尚的「三玄之學」——《老子》、《莊子》和《周易》，高談闊論，發言玄遠，或自我吹捧，或互相標榜。對於政治，他們是敬而遠之、避而不談的。追求隱逸、自視清高，是此時他們共同的價值取向。

司馬氏集團地位雖然不斷鞏固，但七賢中有的還是公開表現出對正統名教和傳統禮法的反叛情緒。嵇康在〈太師箴〉中對傳統禮教進行了否定，尤其是在〈釋私論〉中，他提出了具有較強戰鬥性和批判色彩的「越名教而任自然」的口號，在客觀上指導了名士們對名教禮法的鬥爭。阮籍則在〈大人先生傳〉、〈達莊論〉等文章中，表示了對禮法之士的尖銳諷刺。阮籍喝醉了酒，倒在店中女主人的腳下便睡；嵇康蓬頭垢面，不分場合搔癢捉虱；劉伶裸衣縱酒；阮咸與豬共飲。諸如此類，不一而足。他們這些奇特的舉止，來源於對現實的不滿，也是痛苦與悲傷、曠達與超脫、自虐與悔頓等複雜心理的外在顯現。

「高平陵政變」後，改朝換代已成必然之勢。司馬氏集團也隱約感覺到對大批名士的殺戮，對今後統治不利。於是，對待名士的態度也開始緩和，並通過利誘與威脅相結合的手段，爭取為己所用。這樣，竹林七賢也開始解體。

阮籍雖然終日醉眼矇矓，以酒避禍，也以未嘗臧否人物為手段以求自保，但軟弱的性格，終於使他接受了司馬氏所授予的官職。嘉平四年（二五二年），出仕大將軍司馬師從事中郎，後又歷經大司馬從事中郎、散騎常侍等職。他的後半生是在痛苦與矛盾中度過的，原來的鬥爭精神雖然沒有了，但並沒有從根本上妥協，常常通過一些怪異的舉止發洩內心的不滿。主要文學成就為〈詠懷詩〉八十二首及〈大人先生傳〉等散文。

竹林七賢解體後，嵇康與向秀繼續鍛鐵。而司馬氏集團同時也加緊了對嵇康的拉攏。但不論如何利誘，他始終不為所動，並先後寫下〈與山巨源絕交書〉、〈與呂長悌絕交書〉，機鋒所向，直指司馬氏集團。因此，嵇康再也不能為之所容，終以呂安兄弟案件於魏元帝景元三年（二六二年）被其殺害。嵇康鋒芒畢露，嫉惡如仇，無疑為七賢中反名教禮法的一位猛士，深受後人景仰。在文學方面，〈悲憤詩〉、〈與山巨源絕交書〉為其代表作。

阮籍出仕後，山濤、阮咸、王戎、劉伶也相繼出山，依附於司馬氏集團。山濤、王戎本為俗人，當時因仰慕清高，暫入賢列，氣候一變，馬上入世。山濤官至司徒，今傳〈乞骸骨表〉、〈上疏告退〉等文。王戎亦官至司徒，但性情貪吝，為人所不齒。阮咸入晉後，曾任散騎侍郎。劉伶在魏末曾官建威參軍，〈酒德頌〉乃其傳世名篇。嵇康被殺後，向秀應詔入洛，官至散騎常侍，曾注《莊子》，文以〈思舊賦〉名世。

分合本為自然，竹林七賢原本就不是組織嚴密的整體。人去林空，也是時代的必然。它存在的時間雖然不長，但在中國思想史、哲學史、文學史上，都產生了極其深遠的影響。尤其是阮籍、嵇康，發奇響於九皋，聲聞達於重霄，異翮而同飛於中國歷史文化的時空之中，雖歷萬世而不竭。

醉眼曚曨著華章的阮籍

自古以來，文人與酒便結下了不解之緣，飲酒之風在魏晉文人中已演化為名士風度。飲酒已不再是單純的滿足口腹之慾，而是賦予了更多的文化內涵。實際上，酒已成為文人文化性格的重要組成部分，通過它可以觀照人生，觀照社會，觀照歷史。這一點在阮籍身上，表現得尤為突出。

阮籍，字嗣宗，陳留尉氏（今河南尉氏縣）人，生於漢獻帝劉協建安十五年（二一〇年）。他的父親阮瑀是東漢末年頗有聲望的文學家，是「建安七子」之一。建安十七年，阮瑀逝世，只有三歲的阮籍成為孤兒。好在有曹操父子的庇護，又有阮瑀生前好友的照應，阮籍的成長並未受到影響。

陳留阮氏為魏晉間世家大族，累代以儒為業，深厚的家學淵源使阮籍自幼便受到了良好的家庭教育，因而八歲即能屬文。少年時期，以古代的兩位賢者顏淵、閔子騫為榜樣，勤學不輟，除誦讀詩書以外，阮籍還練劍習武。可見，少年時期的阮籍不但學識過人，也是一位理想遠大、豪氣沖天的有為少年。

二十歲前後的阮籍已經出落為一個「容貌瑰傑、志氣宏放」的青年了，他滿懷治國、平天下的濟世之志，希望「四海同其歡，九州一其節」（〈樂論〉）。此時占據其思想主導地位的是傳統的儒家思想。然而，魏明帝曹叡耽於享樂，不理朝政，致使農桑失業，社稷不安。這樣，阮籍縱有凌雲之志也難以實現。他曾登上廣武（今河南滎陽附近）城頭，放眼楚漢相爭的古戰場，歷史的煙雲彷彿仍在眼前翻捲，慨嘆道：「時無英雄，遂使豎子成名。」其雄視古今，包舉天下的胸襟溢於言表，其中也隱隱流露出一絲無可奈何的悲哀。

阮籍的濟世理想碰壁之際，也是清談之風盛行之時，以老莊思想為主體的玄學，作為一種新的哲學思潮已經成為名士們的精神支柱。阮籍同樣受到了巨大的影響，也加入了清談的行列，並在老莊放任自然的思想影響下，表現出一些令人不解的行為舉止：「或閉戶視書，累月不出。或登臨山水，經日忘歸。」且放誕有孤高傲世之情，不樂仕宦。很顯然，阮籍的功名之心已經漸漸冷卻了。因為他清楚地看到，司馬氏與曹氏兩大集團的矛盾日益加劇，他無意捲入政治鬥爭的漩渦之中，做無謂的犧牲品。

正始十年（二四九年），「高平陵政變」發生，徹底改變了阮籍的人生觀，原來由名教構築的思想之塔轟然倒塌了。流血的現實，使他更加清醒。出於對生命的憂慮，他選擇了「至慎」的處世態度，與世事保持一種若即若離的狀態。與世事太近，容易裹脅其中而遭受滅頂之災；與世事太遠，又容易成為異己而遭打擊。在此後的十幾年中，雖又先後歷任大將軍司馬懿從事中郎、散騎常侍、東平相、步兵校尉等職，但一直處於仕隱無常的狀態。這種處世方式，顯然是受了道家清淨無為、消極出世思想的影響。為了避免言語構禍，他口不臧否人物，從不論人過，這也是他「至慎」的一種表現。

飲酒致醉，忘卻世事，擺脫現實的煩憂。正始前後，阮籍、嵇康等「竹林七賢」集會於山陽竹林之下，除談玄以外，肆意酣飲是另一重要內容。對於阮籍來說，飲酒還是他避禍的法寶。

當初，大將軍司馬昭曾經打算為其子司馬炎求婚於阮籍之女，其中的政治用心十分明顯：阮籍在名士階層中聲望極高，將他拉過來，可以壯大司馬氏集團的力量。司馬昭以為他一定不會拒絕，沒想到阮籍得悉此事後，大醉六十餘日，求婚者始終沒有提出的機會，婚事也只好作罷。世事多艱，他不願依附於任何一個政治集團，還是作壁上觀、明哲保身的好。

任司隸校尉的鍾會是一個趨炎附勢、仰人鼻息的禮法之士，阮籍不屑與之為伍。鍾就想方設法羅織罪名，企圖加害於阮籍。鍾會多次以時事詢問，企望從他的回答裡找出一些破綻，治他的罪，但每次都被阮籍以酣醉避過了。醉酒實在是一條超脫現實、消解矛盾的有效途徑。

阮籍不與世事，唯酒是務。生活行為中雖有越禮背俗之舉，詩論書賦中也有違名教綱常之論，但還未從根本上對司馬氏集團構成威脅，故尚能為其所容。魏元帝曹奐景元三年（二六二年），他主動向司馬昭要求去當步兵校尉。司馬昭非常高興，馬上答應了他的要求。誰知他走馬上任之後，終日與竹林七賢之一的劉伶在營中痛飲，常常爛醉如泥，營中之事從不過問。原來，他看中的並不是這個秩祿三千石的官職，而是營中有一位善釀的廚師和貯藏有三百斛醇香美酒。飲酒成為他避禍的手段，也是他生活內容的主要表現形式。

然而，阮籍也有以酒不能搪塞過去的事。景元四年（二六三年），司馬昭進位相國，封晉公，加九錫，完成了「禪讓」前的準備過程。通常情況下，加封辭讓之後，再由百官勸進，方成大禮。司空鄭沖特別指定由阮籍執筆，起草「勸進文」。他十分清楚其用意，仍想用醉酒的辦法蒙混過關。百官勸進之時，他正在朋友袁孝尼家裡飲酒，已是醉眼曚曨，專使前來催逼。這回他再也推脫不了了，只好趁著酒意，由人扶著，援筆而書，一氣呵成，竟無一字改竄。文中多溢美之語，言辭清壯，為時人嘆服。

醉酒可以忘憂，但總有醒的時候。醒來之後，心底的苦悶自會湧上心頭。嵇康被殺後，阮籍的精神狀態就垮了下來。好友泰然赴死，對他不會沒有影響，尤其是被迫寫過「勸進文」之後，其內心的矛盾更可想而知。他終於在景元四年冬去世了，時年五十四歲，剛寫過「勸進文」還不到兩個月。

阮籍以酒遠禍，與當權者及禮法之士虛與委蛇，好似委曲求全，隱忍苟活，但在他的文章中，卻充滿反叛精神，尤其是在〈達莊論〉、〈大人先生傳〉中，對傳統名教的批判、對禮法之士的嘲諷異常深刻而尖銳。平日裡又善以「青白眼」待人，他確是一位反名教禮法的鬥士。

阮籍的內心是痛苦的。這痛苦來自個體與社會不可調和的矛盾，來自理想與現實的強烈反差。皈依老莊，企羨山林，還是不能掙脫世事的羈絆。以高潔之身而入汙濁之世，又非己之所願。與物推移，仕遁無常，這選擇本身就是痛苦。那麼，只好用酒澆自己心中的塊壘。於是他酣飲、痛飲、狂飲，不計時間，不拘場合，有酒必飲，每飲必醉。昏昏然、陶陶然，忘其形骸，飄飄欲仙，在醉眼矇矓中，尋求精神的慰藉。阮籍飲酒，有生存環境的逼迫，有老莊思想的影響，有名士風度的表現，也有理想失落後的自殘自虐，這便是阮籍飲酒的文化意蘊。

作為一代思想家、文學家，阮籍留下了寶貴的精神財富。〈通易論〉、〈達莊論〉、〈大人先生傳〉等文章是研究魏晉哲學思想的重要資料，而八十二首〈詠懷詩〉更是中國文學史上的寶貴遺產。

嵇康刑場奏琴，寧死不屈

嵇康是三國魏時的著名思想家和文學家。他正當壯年時，即因拒不與司馬氏集團合作和為呂安鳴不平，遭司馬昭殺害。其死甚為悲壯，據《晉書・嵇康傳》載：魏元帝曹奐景元四年（二六三年），「康將刑東市，太學生三千人，請以為師，弗許。康顧視日影，索琴彈之曰：『昔袁孝尼嘗從吾學〈廣陵散〉，吾每靳固之。〈廣陵散〉與今絕矣！』時年四十。海內之士莫不痛之。」另王隱《晉書》亦云：「康之下獄，太學生數千人請之，於時豪俊皆隨康入獄。」這兩種記載清楚說明了嵇康之死在當時社會產生的巨大影響，更為我們生動地刻畫出嵇康顧視日影、手揮五弦的超邁神姿，令人悵然惜之，慕其風烈。

嵇康，字叔夜，譙郡銍（今安徽宿縣西南）人，生於魏文帝曹丕黃初四年（二二三年）。他的祖先原姓奚，本是會稽上虞人，因避怨遷至譙郡銍縣。銍有嵇山，家於其側，遂改姓嵇。

嵇康早年喪父，兄嵇喜有當世才，歷太僕宗正等職。他身材高大，美詞氣，有風儀，不自藻飾也有龍鳳之姿。嵇康有奇才，學不師授而能博通典籍，好老莊，不拘禮法；喜道教，修養生服食之事；還兼能音樂，善彈琴。

嵇康娶魏沛王曹林之女長樂亭公主為妻，政治上傾向於曹魏，反對司馬氏的篡權陰謀。再加之性格高傲剛直，不拘禮法，不受拉攏利誘，使他在政治衝突中缺少迴旋餘地，終於被構陷殺害了。

嵇康是「竹林七賢」的代表人物，與阮籍、山濤、呂安、向秀都是神交，其逸舉風韻可謂方中美範。

嵇康的天資很高，所學無不通，但不以才性纓世，平淡自守。他所做的普通平凡甚至被人認為低賤的事情，恰恰表明了這種心志，表明了他脫俗、寬厚、從容的個性品格。比如，嵇康喜歡打鐵，每年夏天都在他家院裡的大柳樹下幹活。東平呂安很欽佩他這種亂世自守、淡泊名利的高卓情趣和從容自得的超俗襟懷，與他結下了深厚的友誼。每一相思，輒千里命駕。嵇康也友而善之。有一次，呂安來，正趕嵇康不在，他的哥哥嵇喜出來，請他進屋坐坐，他謝絕了，在門上寫一個「鳳」字就走了。嵇喜不明何意，但覺高興。其實「鳳」字拆開乃「凡鳥」之意。由此可見呂安對嵇康人格的欽敬程度，我們亦可由此反觀呂安。二人可謂堪託生死的至交。呂安的妻子被哥哥誘姦，自己反被誣流放、入獄。嵇康為他鳴不平，結果雙雙遭到殺害。雖然此事的背景較為複雜，但直接的導火索確緣於斯。慕嵇康風儀、同為「竹林七賢」之一的向秀是嵇康鍛鐵的助手，為他拉風箱煽火。嵇康死後，向秀深感失儔喪志的孤弱，入仕洛陽司馬氏去了。應郡舉歸來，到嵇康的故居憑吊了他，並寫下傷感隱曲的〈思舊賦〉。

嵇康有一篇著名的〈與山巨源絕交書〉，是寫給推薦他當官的朋友山濤的。當時山濤調任散騎常侍，就想把自己騰出的官缺給嵇康，試圖讓他緩和與司馬氏的關係。山濤的想法其實是頗合情理的好意。可嵇康卻作出了激烈的拒絕反應，甚至發誓與他斷絕友誼。其實，嵇康與山濤的友誼不比前兩人淺。當年，山濤與嵇康、阮籍二人一見如故，他欽佩二人才致，二人稱其度量，即結竹林之遊，深相親善。即便是在嵇康宣布與他絕交以後，當自己將被處極刑時，也還是把遺孤託付山濤照拂。由是觀之，嵇康此書之主要意圖似在於藉所謂絕交抒憤世嫉俗之情，並表明自己的志趣和政治見解。但此事還是比較清楚完整地反映出嵇康嫉惡如仇、剛直自任的品格與個性。

在與鍾會的交往中，這種性格表現得更是淋漓盡致。鍾會也是一個頗有才學思致的人物，他不認識嵇康，邀約了許多時賢去拜訪。嵇康正在樹下鍛鐵，向秀為他拉風箱。他看到鍾會等人來到跟前，也沒有放下手裡的活，更沒有與他們說一句話。過了很長時間，鍾會一夥人感到看得實在無聊了。嵇康在他們將要離開的時候問道：「何所聞而來，何所見而去？」鍾會答曰：「聞所聞而來，見所見而去。」並對嵇康的傲慢無禮懷恨在心。在嵇康因呂安被牽連入獄後，鍾會趁機向司馬昭進讒言說：「嵇康臥龍也，不可起。公無憂天下，顧以康為慮耳。」又把嵇康企圖參與毌丘儉兵變及其言論放蕩、不遵禮法等事告訴了司馬昭，並勸他殺掉嵇康，以淳風俗。鍾會一番話深中司馬昭久欲殺之而不得的下懷。

嵇康被害與他剛直不阿、愛憎分明的性格關係很大。與同是「竹林七賢」的代表人物阮籍相比，兩人思想上有很多相似之處，但性格及為人處世態度頗有不同。在正始末年，司馬懿執政後，他就脫離了政壇，而阮籍仍虛與周旋，故能自保。阮籍雖好為青白眼，但口不臧否人物，而嵇康「剛腸疾惡，轉肆直言，遇事輒發」。阮籍能在哲學的觀照與思考中找到一個獨立而自得的形而上世界，從而能夠在一定程度上遠離現實，至少能保持兩相無害、各自相安。而嵇康剛直的性格及火熱的心腸使他無法藉哲學思考而保持與現實的距離，面對充滿偽善與罪惡的生活，他不能保持緘默，必須發言。對於自己的性格弱點他並非不自知，也有一些朋友給予善意的勸告。

嵇康是一個多才多藝之人，他的朋友向秀在〈思舊賦序〉中說：「嵇博綜技藝，於絲竹特妙。」但是從他留下的資料看，有關音樂的東西已經不多，倒是作為文學家和思想家的特徵更突出些。

嵇康更擅長散文，成就遠在詩歌之上。其代表作〈與山巨源絕交書〉所顯示出來的鮮明強烈的個性意識與自由精神，在魏晉文學中也是最有典型意義的。

在「竹林七賢」中，嵇康年齡雖小於山濤，但高雅的風度、雄雋的才辯、深邃的思想卻使其風譽煽於海內，無疑為眾賢的精神領袖。山濤居長，淳深淵默，通簡有德，並深受崇敬。正是這兩個昔日相交至深的朋友，後來卻因道不同而斷然絕交，成為歷史上的一段逸事，更成就了嵇康偉大的人格形象。

嵇康是魏晉時期最著名的論說文作家。其所著皆思想新穎，論說縝密透闢，有很強的批判精神，如魯迅所言「往往與古時舊說反對」。代表作有〈難自然好學論〉、〈管蔡論〉、〈聲無哀樂論〉等。

向秀思舊：借古喻今抒大志

唐代詩人劉禹錫〈酬樂天揚州初逢席上見贈〉的頸聯「沉舟側畔千帆過，病樹前頭萬木春」二句，膾炙人口，傳誦不已。其頷聯「懷舊空吟聞笛賦，到鄉翻似爛柯人」二句，所謂「聞笛賦」，即指向秀經過亡友嵇康故居，聽見鄰人吹笛，喚起悲傷懷舊之感，寫下著名的〈思舊賦〉。

向秀，字子期，河內懷（今河南武陟縣西南）人，生於魏文帝曹丕黃初二年（二二一年）前後。自幼聰慧好學，少時清悟有遠識，為同郡名士山濤所知。二十歲左右時，已聞名遐邇。當時嵇康奇才蓋世，風度閒雅，為一時名士領袖，又性好養生服食，曾作〈養生論〉，主張「清虛靜態，少私寡欲」。據說，嵇康持論入洛，轟動京師，皆謂之神人。唯獨向秀著〈難嵇叔夜養生論〉難之：「導養得理，以盡性命，上獲千餘歲，下可數百年。若信可然，當有得者，此人何在，目之未見。此殆影響之論，何言而不得？」小人物向秀責難大名士嵇康，自然無轟動效果。但今天看來，向秀這一觀點還是正確的。這篇〈難嵇叔夜養生論〉，析理透闢，邏輯縝密，可與嵇康論文相匹敵。

魏齊王曹芳正始之末（二四八年左右），「竹林七賢」聚於山陽，向秀是其中之一。他們常在竹林之下，肆意酣暢。「七賢」活動的主要內容，除縱酒以外，便是談玄。被稱為三玄之學的《老子》、《莊子》和《周易》是他們清談的主要內容。向秀「雅好老莊之學」，參與清談，發言玄遠，眾莫能難。

正始十年（二四九年），司馬懿父子發動「高平陵政變」後，「竹林七賢」唯有嵇康、向秀仍留在河內，其他人相繼出仕。東平呂安，志量開曠，有拔俗之氣，與嵇康相友善，每相思，輒千里命駕來訪，由是向秀亦與之為友。三人性情愛好各不相同，嵇康傲世不羈，呂安放逸邁俗，獨向秀雅好讀書，因而時常為二人所嗤。嵇康性絕巧而好鍛鐵，宅中有一柳樹，枝葉繁茂。夏日清涼，嵇康就在樹下鍛鐵。向秀常為之佐，袒右肩，司職鼓排，二人相對欣然，旁若無人。向秀又常與呂安灌園於山陽，收其餘利以供酒食之費。不慮家之有無，外物亦不足以拂其心。三人志同道合，相交如水。

當時註解《莊子》者有數十家，但都莫能究其旨要。向秀注《莊子》，於舊注之外，為之解義，發明奇趣，振起玄風。沈約在〈竹林七賢論〉中評論說：「秀為此義，讀之者無不超然，若已出塵埃而窺絕冥，始了視聽之表。有神德玄哲，能遺天下，外萬物。」向秀將注《莊子》之時，曾告於嵇康、呂安。二人皆曰：「此書還須作注？徒然妨礙人作樂罷了。」及成，再示二人，呂安嘆曰：「莊周可以永生了。」向秀以《莊子注》奠定了他在中國哲學史上的一席地位。

魏元帝曹奐景元三年（二六二年），嵇康因牽涉進呂安兄弟案中，與呂安一起被司馬氏集團殺害。兩位好友同時逝去，使向秀悲痛至極。他尚未從悲痛中擺脫出來，又被迫從河內郡赴洛陽應舉，司馬昭問道：「聞有箕山之志，何以在此？」向秀對曰：「以為巢、許狷介之士，未達堯心，豈足多慕？」迫於形勢，向秀不得不巧言應付。他懷著沉重的心情應舉歸來，途經山陽嵇康舊居，見人去室空，不禁回想起與嵇康、呂安一起度過的愉快時光，感慨萬分，便寫下了這篇流傳千古的名作〈思舊賦〉。此賦由序與正文兩部分組成。

序文交代了寫作緣起。首先說明自己與嵇康、呂安的關係——「居止接近」，此語輕描淡寫，但極有分寸。他與嵇康同為竹林中人，又與二人有著鍛鐵、灌園的難忘經歷，其關係豈止「居止接近」？顯然欲說而不能。接著概括了各自的個性，暗示了「見法」的原因。然而，好友嵇康留給自己印象最深的還是臨刑前「顧視日影，索琴而彈之」的凜然之氣。今經其故居，不由得又想起，而此時正是日薄西山，寒凝大地，又有幽遠的笛聲在空曠中迴盪。作者營造了一種淒清悲涼的氛圍。

序文寫得簡潔、流暢，內容頻頻轉換，短短的篇幅中卻包含了十分豐富的內容。「日薄虞淵，寒冰淒然。鄰人有吹笛者，發音寥亮」，讀來如臨其境，如聞其聲，感慨淒惻之情油然而生。

正文抒發了對故友的痛悼、思念之情。作者落筆從自己的行程寫起，暗示了選擇的無奈。今看到舊友山陽之故居，怎能不觸景傷情，昔日與故友飲宴歡樂的情景又浮現眼前。然而這一切都不存在了，物是人非，「窮巷」，「空廬」一派肅殺、冷落。此情此景，不由得使作者產生了〈黍離〉之悲，〈麥秀〉之感。作者引此二詩，既表達了對故友的思念之情，又暗含對魏室行將傾覆的隱痛，以古人傷逝之詞表達了自己的懷舊之意。「形神逝其焉如」一句深情的叩問寫盡了作者綿綿不盡的哀思。

接著，作者用秦丞相李斯臨刑而歎之事，與嵇康相對比，暗示嵇康於臨刑前的片刻對於生命的感悟。嵇康臨刑，顧視日影，「目送歸鴻，手揮五絃」，向秀抓住這一細節，將其徹悟命運之後處變不驚、鎮定自若的風采描寫得極具神韻，使其俊逸的身姿與生命定格在永恆的瞬間。因此，這慷慨、悠揚的琴聲在作者心中永遠揮之不去。琴聲與笛聲交織，過去與現實混融，造成了一種奇妙的效果，使人感慨萬端。至此，作者戛然收筆。

此賦雖然短小，寄意卻含蓄深厚。作者表達了對好友的深切悼念，也抒發了對現實政治的不滿。但讀罷卻總有一種言猶未盡的感覺。對此，魯迅先生在〈為了忘卻的記念〉一文中，聯繫自己的思想經歷作了合理的解釋：「年青時候讀向子期〈思舊賦〉，很怪他為什麼只有寥寥幾行，剛開頭卻又煞了尾。然而，現在我懂了。」殘酷的現實和高壓的政策，迫使作者只好如此。

應郡舉之後，向秀歷任散騎侍郎、黃門侍郎、散騎常侍等職，但「在朝不任職，容跡而已」。晉惠帝司馬衷永康元年（三〇〇年）前後，卒於任上。其文今僅存〈思舊賦〉與〈難嵇叔夜養生論〉兩篇，分別是文學史和哲學史上的名篇。

劉伶醉酒：酒仙名士奇人

唐代大詩人李白有詩：「古來聖賢皆寂寞，唯有飲者留其名。」這詩用在劉伶身上，可以說是再恰當不過了。劉伶是位飲者，但又不是普通的飲者，普通的飲者是不會青史留名的，而劉伶卻是青史留名的飲者之一。他之所以青史留名，還因為他是一個集名士、酒仙、文學家於一身的奇人，一個千百年來幾乎家喻戶曉的奇人。

劉伶約生於魏文帝黃初二年（二二一年），字伯倫，沛（今安徽省宿縣西北）人。其父曾經做過大將軍司馬懿手下的屬官，備受恩寵，只可惜劉伶還在幼時，他便離開了人世。因此，劉伶自幼便失去了父愛。誰知天公也不作美，給了他一副極為醜陋的面孔，而且身材矮小，及至長大成人後，身高也不過六尺。劉伶青年時代的經歷史無明文記載，因此不得而知，但大體上可以推斷，在魏齊王曹芳正始之末（二四九年），他已成為當世名重一時的名士，並且常與嵇康、阮籍、山濤、向秀、王戎、阮咸集會於山陽竹林之下，飲酒賦詩，彈琴作歌，當世稱他們為「竹林七賢」。大約在晉武帝司馬炎泰始初年（二六五年），他曾做過一段時間的建威參軍，不久朝廷下詔，入宮中策問。他大談老莊，強調無為而治，非但沒有得到重用，反而連參軍之職也被罷免了。從此再無仕進。大約在晉惠帝司馬衷永康元年（三○○年），以壽而終。

劉伶與諸位賢士所生活的時代，正是司馬氏集團與曹氏集團爭權奪利的關鍵時期。正始十年（二四九年），司馬懿發動「高平陵政變」。在此後的十幾年間，兩大集團之間的矛盾衝突繼續加劇，大批名士無辜被殺，淪為政治祭壇上的犧牲品。司馬氏集團假倡名教、血腥殺戮的行為，引起了劉伶等眾多名士的不滿與憤慨。對於這種離經叛道的偽道士，與嵇康、阮籍等一樣，他不屑與之為伍，但暫時又要保全自己的性命，因而同遊竹林便成了他們最佳的處世方式。在「越名教而任自然」的思想支配下，他們共同表現出了違禮背俗、荒誕不經的行為傾向。

「天生劉伶，以酒為名。」不知是酒選擇了劉伶，還是劉伶選擇了酒。總而言之，酒成了劉伶賴以生存的精神食糧，成了他須臾不可分離的親密伴侶，也成為他表現喜怒哀樂的工具和手段。本來劉伶也是胸懷大志之人，但是，殘酷的現實將他的理想擊得粉碎。現在，他只有與酒為伍了。喜靜不躁，沉默寡言，不輕易與人交友，也不輕易與人出遊，這是他的性格特徵。但如果是與阮籍、嵇康相遇，或他們相邀，他會喜不自勝地欣然前往，與他們攜手入林，一醉方休。家中財產的有無，他從不介意，飲酒倒是時刻掛在心上。平日裡常常駕著鹿車，攜帶一壺酒，優哉遊哉，邊走邊喝，並且讓僕人扛著鐵鍬隨後跟著，告訴他們說：「如果我死了，隨時隨地挖個坑將我埋了就是了。」這是何等的放情肆志，何等的達觀灑脫，這是在生活失衡、道德失範、生命失去了價值之後，一種對於生與死的態度，對於生命的評價。

他的妻子見他終日耽於酒中，連命都不顧惜，十分痛心，於是傾倒他的酒，砸壞他的酒具，流著眼淚勸他說：「夫君飲酒過度，這不是養生之道，您應該馬上戒掉它。」劉伶說：「很好，但我自己私下戒不了酒，只有在向鬼神禱告時發誓，方能戒掉。你馬上準備禱告用的酒肉。」妻子信以為真，不一會兒準備就緒。劉伶十分虔誠地跪下，禱告說：「天生劉伶，以酒為名，一飲一斛，五斗解酲。婦兒之言，慎不可聽。」禱告完畢，依舊是飲酒吃肉，不一會兒又是爛醉如泥。妻子見他這樣，長嘆一聲，也就無可奈何。劉伶病酒如此，終日沉醉其中，是為了求得暫時的解脫，減輕內心的痛苦。

劉伶飲酒遠近聞名，其酒量之大，也無人能比。他對於酒的那份狂嗜，更非一般人所能及。關於他與酒的種種趣聞，也被人廣為流傳。尤其是「杜康美酒，一醉三年」的傳說，至今仍為人們津津樂道。

相傳有一次，劉伶來到洛陽城南的杜康酒坊，見門上貼有一副對聯，寫的是「猛虎一杯山中醉，蛟龍兩盞海底眠」，橫批是「不醉三年不要錢」。劉伶看後，覺得很不服氣：杜康雖是釀酒的祖師，杜康酒也早已如雷貫耳，三杯兩盞醉倒別人也許可能，但要醉倒我劉伶，恐怕沒那麼容易。誰不知我劉伶，喝遍東西南北天下酒，還沒有能讓我醉上半天的。於是，負氣走進了酒館。一連飲了兩大杯，仍要求上酒。杜康勸他說：「不要再飲了，再飲就醉了。」劉伶哪裡能聽得進去，執意要飲，又要了第三杯。三杯酒落肚，他便覺得天旋地轉，眼冒金星，這回他是真的醉了。一路上搖搖晃晃地回到家裡，醉倒在床上，再也不能起來。他覺得自己就要死了，於是向妻子交代說：「我死後，把我埋在酒池內，上面蓋上酒糟，酒杯酒壺放在棺材裡。」這就是劉伶，臨死也沒忘了酒。妻子是了解他的，遵從他的意願將他埋了。

一晃三年過去了。這一天，杜康來到村上找劉伶，討要三年前的酒錢。劉伶的妻子氣憤地指責他說：「他三年前喝了你家的酒，回來就死了。你討酒錢，我還向你要人呢！」杜康連忙說：「他只是醉了，並沒有死，快去挖墓，救他出來。」眾人打開棺材，只見劉伶躺在裡面與生前一模一樣，氣血充盈，面色紅潤。杜康叫道：「劉伶醒來，劉伶醒來！」劉伶果然睜開眼睛，連聲叫道：「杜康好酒，杜康好酒。」從此，「杜康美酒，一醉三年」的故事就廣為流傳了。杜康酒也因為劉伶一醉更加出名。據說杜康酒醉劉伶，是專為度劉伶成仙有意安排的，而劉伶也因此成了名副其實的酒仙。

劉伶以酒為命，行為舉止也更加放蕩不羈。任建威參軍期間，曾經在家裡一絲不掛地飲酒。有客人來了，也不迴避穿衣，還笑著說：「我以天地為棟宇，屋室為褲衣，諸君為何鑽入我的褲中？」竟然放誕到了如此地步。不能否認，這裡面有佯狂的因素，也有自我悔頓的成分。但這種走向極端的行為舉止，恰恰證明了他內心的焦慮與困惑。也許，只有通過這種方式，才能將心中久積的憤懣與痛苦釋放出來。

實際上，劉伶並不只是酒鬼、酒仙。作為一個大名士，他也是個機敏聰慧、很有才氣的文學家。只不過不太留意筆墨文翰罷了。偶爾成篇，卻也是特徵鮮明的佳作。詩歌僅存五言〈北邙客舍〉一首。在詩中，詩人比較隱晦地表達了對黑暗政治的不滿，對清明社會的期望。風格幽深孤峭，雖有古奧冷僻之嫌，卻也不失為一篇上乘之作。明代竟陵派大師譚元春對此詩十分推崇，稱其「藏細響於粗服亂頭之中，發奇趣於嵚崎歷落之外」。

〈酒德頌〉為劉伶的傳世名篇，也是文學史上的一篇奇文，其語言流暢自然、生動形象。文中虛擬了一位大人先生，這位大人先生「以天地為一朝，萬期為須臾」，如天馬行空，獨往獨來，「行無轍跡，居無室廬」，但不論何時何地，「唯酒是務」。紛擾的萬物，對於他來說，如煙如雲。懷抱酒缸，手把酒糟，口銜酒杯，啜飲濁酒，箕踞而坐，旁若無人。這就是大人先生的形象，實際上是劉伶自身的真實寫照。他把自己對於生活的態度與理解，都寫到了酒德之中。顯然，他所追求的，是一種酒醉之後「無思無慮，其樂陶陶」、「靜聽不聞雷霆之聲，熟視不睹泰山之形」的物我兩忘的境界。只有在這種境界之中，他才可以做到對塵世的超越，對流俗的解脫。酒中自有天地寬，在醉鄉之中，他才是真正自由的，才能真正體味到生命的本真。

這就是劉伶，一個集名士、酒仙、文學家於一身的奇人。但更多的時候，他的名字是與酒聯繫在一起的。劉伶離不開酒，酒也同樣離不開劉伶了。

率真隨意：曠放不拘話阮咸

從行為價值取向看，「竹林七賢」可以劃分為三個不同的派別：嵇康、阮籍為激進派；山濤、向秀、王戎為溫和派；劉伶、阮咸為曠放派。僅就曠放派的兩位「賢士」而言，劉伶嗜酒成癖，放情肆志；阮咸放蕩不羈，任誕疏狂。二人皆有曠放不拘的一面，但就程度來看，阮咸與劉伶相比，可謂有過之而無不及。

阮咸，字仲容，陳留尉氏（今河南尉氏縣）人，生卒年不詳，「竹林七賢」之一，阮籍之侄，在當時與叔父並稱為「大小阮」。他是兩晉著名音樂家，曾官散騎侍郎、始平（郡治在今陝西興平）太守。他與嵇康、阮籍等雖然同作竹林之遊，被稱為賢士，但他既不信儒，也不崇道，既無濟世理想，亦無生活目標，只是隨心所欲，率意而為。

陳留阮氏雖為魏晉間世家大族，歷代奉儒守業，但各分支也並非皆大富大貴。至魏正始前後，阮籍、阮咸這一支已現中落之勢。在阮咸總角之時，他們已與富裕的同族分道而居。諸阮居道北，他與叔父阮籍居道南，北阮富而南阮貧。按民間節令習俗，七月初七白天要曝曬衣物和書籍。據說，這些東西在這一天曬過之後，永遠不會再生蛀蟲。這一年又到了七月初七，富有的北阮將用綾羅綢緞做的衣物都曬了出來，鮮豔奪目，光彩無比。阮咸見狀，便取一長竿，將自己的一條大布短褲掛在上面，曬在院子裡，與北阮隔道相對，倒也煞是可觀。有人責怪他不該如此無禮，他卻說：「未能免俗，聊復爾耳。」

魏齊王曹芳正始之末、嘉平之初（二四九年），二十歲左右的阮咸成為竹林名士的一員。他隨同叔父阮籍等人，常常集會於山陽竹林之下，縱酒談玄，撫琴賦詩。阮咸對詩賦哲理無甚興趣，卻對音樂情有獨鍾，在當時即以「妙解音律，善彈琵琶」聞名遐邇。因此，他人吟詩作賦，高談闊論，他在一旁彈奏琵琶，也是儀態優雅，風神兼備。

受時代的影響，也受叔父阮籍的影響，阮咸也以自己荒誕無比的行為，對傳統的禮教習俗給予無情的嘲諷。阮咸姑母家有一鮮卑婢女，他十分寵愛她，早就與之私通。在他為母親服喪期間，姑母將要遠行移居。當初曾說過將婢女留下，上路時才臨時決定將其帶走。時方有客來吊，阮咸聞聽之後，騎上來客的馬，身著守喪重服便拍馬追趕。追上之後，與婢女同騎一匹馬而返，並且說：「人種不可失。」他如此縱情越禮，遭到了世人的紛紛指責。不過後來胡婢果為其生子，即次子阮孚，字遙集，字還是由姑母為其取的。

從子阮修，性情簡任，嗜酒酣飲，常常以百錢掛於杖頭，至酒店獨斟獨飲。阮咸與他秉性相投，最為相善。二人在一起，每每得意為歡，有時無言，便欣然相對，坐視良久。諸阮皆善飲酒。除音樂外，阮咸的另一嗜好也是飲酒。有一次，族人共集宴飲。阮咸到了之後，不復用常杯斟酌，更換大盆盛酒，錯亂座次，眾人坐在一起，相向牛飲。更有甚者，「時有群豕來飲其酒，咸直接去其上，便共飲之」。與豬同盆而飲，聞所未聞，可謂放誕之極。不過，這種放誕之風在魏晉時確實十分盛行，並且一直波及到東晉之初。溯本追源，這種放誕之風是一種道德反常現象。阮咸生逢亂世，儒學衰微。嵇康、阮籍等提出的「越名教而任自然」的理論，未能從根本上解決個體與社會的矛盾。因而士人們陷入極度的痛苦與煩惱之中，繼而通過種種越禮悖俗的行為來排遣內心的焦慮與不安。這種時候，人倫綱常也就不復存在了，瘋狂的縱欲便是唯一的要求。

阮咸放蕩越禮，同宗眾兄弟亦以放達為行。唯阮籍不予贊同，他的兒子阮渾長大後，風神韻度頗似乃父，亦欲作達。阮籍說：「仲容已入此列，你不得再步其後塵。」阮咸等人的不軌言行，雖然對傳統的禮教衝擊不小，但相沿已久的規範世人行為的禮教仍然根深蒂固。因而，阮咸的行為也遭到了世人的訾議，更何況他只知弦歌酣宴，不交人事。故自魏末至晉武帝司馬炎咸寧初（二七五年），他仍沉淪湮沒於閭巷之中，直至咸寧中，始出任散騎侍郎。

時七賢之一的山濤仕任吏部尚書，主持薦選官吏，權高望重，人稱「山公」。經他薦選的賢士多顯名於朝廷。他對阮咸十分垂青，有意舉其仕任。適值吏部郎史曜出處缺，當選。但是武帝以耽酒浮虛，未加擢用。

魏晉時期，世人雅好音樂。上自君王，下至名士，很多人都解音律，善彈奏。在執政者看來，音樂可以正教化，易風俗，是強化統治的手段；在士人看來，它是個人修養的形式之一。尤其是在正始玄學興起之後，士人們對於音樂的愛好，便同追求自我理想的人生態度聯繫在了一起。於是嵇康「彈琴詠詩，自足於懷」，阮籍「嗜酒能嘯，善彈琴」，嵇紹「善於絲竹」，阮咸「妙解音律，善彈琵琶」。

阮咸所彈琵琶，屬「八音」（金、石、土、革、絲、木、匏、竹）之「絲」類，是漢代發明的一種彈撥樂器，直柄，四弦，十二柱，圓形音箱。初無明確名稱。因阮咸善彈，無人能及，故大約自唐後，人們便稱此種樂器為「阮咸」或「阮」。直接以善彈者之名給某一樂器命名，音樂史上可能只有阮咸有此殊榮。

當時，宮中執掌樂器的是中書監荀勖。他是一位目錄學家，更是著名的音樂家，常常同阮咸一起討論音律，竊以為遠不及阮咸，由是暗生妒意。他又曾考定律呂，修正雅樂，但是，所定音律與古律仍有不合之處。阮咸予以指正說：「勗所造聲高，高則悲。夫亡國之音哀以思，其民困。今聲不合雅，懼非德政中和之音，必是古今尺有長短所致。」（〈世說新語・術解〉注引《晉諸公讚》）。荀勖一向自矜，知後甚是不快。於是，因事左遷阮咸為始平太守，阮咸以壽終於是職。

阮咸也是一個名教禮法的叛逆者，但他的叛逆走向了極端。雖為竹林名士，徒有名士之名，而無名士之實，他所得到的只是名士的皮相而已。不過，在中國音樂史上，他卻是值得一提的人物。

李密陳情：言不幸盡忠孝

古人立世，或以才名，或以德顯，然往往以德為先。而德又以孝為本，即所謂「人之行，莫大於孝」，「孝者，德之本也」（《孝經．聖治》）。以孝聞名者，舉於朝，授於官，立於傳，以示政教之明。《晉書》闢「孝友」一類，以旌西晉孝賢。李密居首，其清風素範，高山景行，令後世慕仰。其〈陳情事表〉（也作〈陳情表〉），真情流露，今古名文。

李密，字令伯，一名虔，犍為武陽（今四川彭山縣東）人，生於蜀漢後主劉禪建興二年（二二四年）。祖父李光，東漢曾為朱提（郡治在今雲南昭通）太守，父早亡。四歲時，母親何氏為舅父所逼，被迫改嫁。李密雖幼，戀母情深，以致成疾。祖母劉氏，念其孤弱，遂躬親撫養，祖孫相依為命，感情日深。祖母撫養李密，盡心竭力；李密孝事祖母，知寒知暖。年幼的李密漸漸以孝聞名鄉里。祖母有疾，李密侍立於側，常常在哭泣中睡去，從未解衣安然入睡過。祖母飲膳湯藥，李密必先嘗冷熱，然後侍進。李密敏而好學，一俟閒暇則誦讀詩書，勤學不輟，廢寢忘食。

後主劉禪延熙八年（二四五年）前後，二十歲左右的李密拜於譙周門下，從師治經。譙周為益州名士，精通六經，尤善書札，開館授徒，門庭若市，門人將其比為子遊、子夏。時任勸學從事，總理一州之學。譙周耽古，治《尚書》，修古史，對李密影響很大。他「治《春秋左傳》，博覽五經，多所通涉；機警辨捷，辭義響起」（《華陽國志．後賢志》）。後主劉禪延熙末年（二五七年），李密初入仕途，仕蜀為尚書郎。兩年後，轉任蜀漢大將軍姜維主簿。後主景耀四年（二六一年），李密遷太子洗馬，曾數次奉使騁吳，皆不辱使命。在吳期間，吳景帝孫休曾問他：「蜀馬有多少？」李密回答：「官用有餘，民間自足。」吳主與東吳群臣泛論道義，謂寧為人弟。李密說：「願為人兄。」吳主問：「何以為兄？」李密說：「為兄供養之日長。」吳主與東吳群臣對他大加讚賞。

後主炎興元年（二六三年），魏徵西大將軍鄧艾率軍伐蜀，劉禪採納光祿大夫譙周的意見，向鄧艾軍投降，蜀亡。鄧艾早就耳聞李密才名，由是闢其為主簿。書招數番，欲與相見，李密皆以祖母年高為由辭之，此後居家專心侍奉祖母。

魏晉易祚之後，官吏的選拔有九品中正制與察舉制兩種方式。九品中正制門閥士族化嚴重，而察舉制仍不失為一般士人入仕的途徑。被察舉的孝廉或秀才首先要有高尚的德行，然後才能試經或對策授予官職。而評價德行的最佳標準就是是否盡孝。李密早就以孝聞名，又有才辯，可謂德才兼備，時人頗多嘉許。從晉武帝司馬炎泰始二年（二六六年）起，他連續三次被舉或徵召：太守逵（姓不詳）舉其為孝廉，刺史童策舉其為秀才，朝廷直接詔拜郎中。但三次皆以祖母年事已高，無人奉養，不應。

晉武帝泰始五年（二六九年），李密又被詔徵為太子洗馬。他仍因祖母需奉養，遂不應命，並上表晉武帝陳述自己的苦衷，這就是名重千載的〈陳情表〉。他在表中詳細陳述了自己與祖母劉氏相依為命的生活處境，說明了暫時不能應詔出仕的原因。感情真摯，催人淚下。

〈陳情表〉從結構上可分為四部分。第一部分主要敘述自己幼年不幸的遭遇、祖母劉氏的現狀。「生孩六月，慈父見背。行年四歲，舅奪母志。」「少多疾病，九歲不行。零丁孤苦，至於成立。」幼年失怙，母又改嫁，是祖母劉氏「愍臣孤弱，躬親撫養」，將自己養大成人。「若無祖母，無以至今日。」祖母的養育之恩可謂大矣。然而現在祖母已近垂暮，且「夙嬰疾病，常在床蓐」，需人照料。而自己「既無叔伯，終鮮兄弟」，「煢煢獨立，形影相弔」。除自己，再無人照料祖母。此部分將祖孫二人深厚的感情淋漓盡致地表現出來，悲切感人，讀之欲涕。極寫身世之孤苦，祖母之恩重，為下文蓄勢張本，雖無一語道及辭詔，但其意已顯，正所謂言在此而意在彼也。

第二部分，作者筆鋒陡轉，言適逢明世，浸受清明教化之薰陶。舉孝廉、薦秀才、除郎中、拜洗馬，榮蒙國恩，雖殞首無以回報，自己也想「奉詔奔馳」，為國效力。可是眼下祖母劉氏病情日篤，如之奈何？自己進入了兩難境地。此部分陳情巧妙：先感其浩蕩皇恩，以免武帝形成不識時務、有忤王命的印象。後敘其苦衷，曲折委婉地道出自己不能應詔的原因。

第三部分，李密一開始就將晉武帝一貫標榜的「以孝治天下」的施政綱領提出來，並再次申明自己非不願為官，也非自命不凡，而是祖母劉氏已是「日薄西山，氣息奄奄，人命危淺，朝不慮夕」。自己應盡孝侍養，「君子之事親孝，故忠可移於君」（《孝經・廣揚名》）之理武帝自然知曉。這樣，李密將自己一人之盡孝與武帝以孝而治天下自然地聯繫在一起，無形中給武帝出了一道難題。如此一來，武帝恐怕再也難以拒絕他的辭詔要求了。

第四部分，李密將陳情再推進一步，表明自己孝奉祖母安度餘年之後，當以結草相報，盡孝盡忠可得兩全。

此表勝在一個「情」字。祖孫情深，貫注字裡行間，反覆陳說，語氣懇切。《古文觀止》評曰：「歷敘情事，俱從天真寫出，無一字虛言駕飾。……至性之言，自爾悲惻動人。」在結構上，邏輯嚴密，層層推進，祖孫之情，沛然從肺腑中流出，殊不見斧鑿痕。正因如此，胡應麟將其與〈酒德頌〉、〈桃花源記〉等並稱為「第一文章」，殊不為過。晉武帝覽後，嘆曰：「士之有名，不虛然哉！」乃停召，準其所求，並且賞賜奴婢二人，令所屬郡縣予以資給，以示嘉獎。

祖母劉氏終後，李密盡哀守喪。武帝泰始末年（二七四年），守孝期滿。武帝復徵其為太子洗馬，赴洛陽上任。某日，與中書令張華對談，張華問之：「安樂公（劉禪）何如？」李密說：「可次齊桓。」張華問其故，李密解釋說：「齊桓得管仲而成霸業，用豎刁而致亡國。安樂公得諸葛亮而抗魏，任黃皓而喪國。由此可知，他們的成敗是相同的。」張華又問：「孔明言教為何煩碎？」李密說：「昔舜、禹、皋陶相與語，故得簡約。〈大誥〉與凡人言，宜煩碎。孔明與言者無己敵，故言教煩碎。」張華大加讚賞。

武帝咸寧四年（二七八年），李密由太子洗馬遷溫縣（故治在今河南溫縣）令。在任期間，敷德陳教，政化清明。是時河內（郡治在今河南沁陽）諸縣盜賊猖獗，獨不敢接近溫縣。而縣內的貴族豪紳，皆憚其公直，亦不敢胡作非為。有一從事，李密甚憎之，嘗在與他人信中寫道：「慶父不死，魯難未已。」從事將此事告知司隸。司隸以李密在縣清慎，未予彈劾。

「王濬樓船下益州，金陵王氣黯然收。」（〈西塞山懷古〉）此為唐詩人劉禹錫對西晉大將軍王濬的讚頌。王濬在平吳中功勳卓著，但卻受王渾等人轄制，朝廷獎賞亦十分微薄。時人多為之不平。武帝太康二年（二八一年），李密與博士秦秀、太子洗馬孟康等並上表武帝，為王濬訟屈。武帝果納其建議，重封王濬為鎮江大將軍，加散騎常侍。

李密才能兼具，故常希望轉至內宮為官。時荀勖、張華皆位高權重，不知緣何，李密為二人所排擠，故朝廷並未加以擢引。武帝太康八年（二八七年）左遷其為漢中（郡治在今陝西漢中）太守，諸王多以為屈，李密自己更是心懷怨憤。武帝特賜餞東堂，又詔令李密即席賦詩。詩末章為：「人亦有言，有因有緣。官無中人，不如歸田。明明在上，斯語豈然！」武帝大怒，於是都官從事上表，罷免李密官職。李密仕宦生涯從此結束，不久卒於家中，時年六十四歲。

李密一生，為官不顯，政無大成。但〈陳情表〉孤篇橫絕，已足以使其卓立古今文苑，名列大家之林。

直錄史實：陳壽撰《三國志》

東漢末年，諸侯紛爭割據，連年烽煙四起，干戈不息。曹操、劉備、諸葛亮、孫權、周瑜等在歷史舞台上演出了一幕幕驚心動魄的歷史活劇，組成了一幅波瀾壯闊的歷史畫卷。歷史學家陳壽的《三國志》將這段令人眼花繚亂的歷史清晰生動地再現於讀者面前。此書與《史記》、《漢書》、《後漢書》一起，被後人合稱「四史」。

陳壽，西晉史學家、文學家。字承祚，巴西安漢（今四川南充市）人，約生於蜀漢建興十一年（二三三年）。年少好學，以同郡學者譙周為師。任蜀國觀閣令史時，宦官黃皓專弄權威，大臣都曲意附和，他卻獨不肯，因此屢遭遣黜。入晉後，司空張華愛其才，舉為孝廉，任佐著作郎。後編輯《蜀相諸葛亮集》二十四篇奏上，升為著作郎，領三郡中正。晉平吳後，他撰成《魏吳蜀三國志》（亦名《三國志》），時人稱之「善敘事，有良史之才」。當時有「盛才」之稱的夏侯湛，正在編寫《魏書》，讀過陳壽的書後，自愧不及，便中途停止了寫作。張華讀後，認為有超過司馬遷和班固之處，並對他說：「當以《晉書》相付耳。」可見他當時受重視的程度。陳壽至孝，曾兩次因憂母年老而不去任職。其母臨死時，希望能葬在洛陽，陳壽就照遺囑做了。這樣違背當時「人死當歸葬故里」的習俗，因而遭到時人非議。陳壽卒於晉惠帝元康七年（二九七年），時年六十四歲。

《三國志》全書共六十五卷，包括〈魏書〉三十卷，〈蜀書〉十五卷，〈吳書〉二十卷。〈魏書〉前四卷稱紀，君主稱帝，后稱皇后；〈蜀書〉、〈吳書〉則全稱傳、君主和后，蜀則稱主稱后，吳唯孫權稱主，餘均稱名，妻均稱為夫人。以此表示尊魏為正統。陳壽死時，西晉王室認為該書是一部「辭多勸誡，明乎得失，有益風化」的史書，派人到他家抄出一部，作為「良史」行世。

《三國志》記敘翔實，簡明得體，記載三國時期魏、蜀、吳史事，為後世保存了許多當時的珍貴資料。如〈魏書〉的〈張魯傳〉與〈蜀書〉的〈劉焉傳〉，保存了五斗米道的原始材料；〈魏書〉的〈華佗傳〉保存了古代醫學的卓越成就；〈魏書〉的〈張燕傳〉保存了黃巾起義後張牛角繼續鬥爭的史實；〈魏書〉的烏桓、鮮卑等傳，敘述了外族的社會生活。

由於材料不足，《三國志》中只有紀、傳而沒有表、志。紀傳部分雖文筆簡潔，剪裁得當，但因晉代許多資料後出，陳壽尚不及見到，故史實上失於簡略，時有脫漏。南朝宋裴松之「上搜舊聞，旁摭遺逸」為其作注，增補了大量史料，彌其不足。

從《三國志》的筆法說，基本上是直筆實錄。在編纂體制上，以蜀、吳二志與魏志並立，取名《三國志》，可見該書雖以魏為正統，但承認蜀、吳二國的合理存在，客觀上反映了三國鼎立的歷史事實。在敘述一些反司馬氏事件時，字裡行間較隱晦地流露出對反對者的同情態度。雖然陳壽之父受過諸葛亮的髡刑，但陳壽在書中並不藉修史洩私憤，卻實事求是、不遺餘力地讚揚諸葛亮：「諸葛亮之為相國也，撫百姓，示儀軌，約官職，從權制，開誠心，布公道；盡忠益時者雖仇必賞，犯法怠慢者雖親必罰，服罪輸情者雖重必釋，游辭巧飾者雖輕必戮；善無微而不賞，惡無纖而不貶；庶事精練，物理其本，循名責實，虛偽不齒……可謂識治之良才，管蕭之亞匹矣。」另外，也直接尖銳地揭露了封建社會的黑暗現實。如《魏書・楊阜傳》：「（魏）明帝（曹叡）治宮室，髮美女以充後庭，數出入弋獵。」揭露了統治者的荒淫；《魏書・衛覬傳》：「（明帝）時百姓凋匱而役務方殷，（衛）覬上疏曰：『……當今千里無菸，遺民困苦。』」反映了勞動人民悲慘的遭遇。當然，該書也有缺點。如描寫魏晉之際歷史事件，涉及魏晉君主往往曲筆回護，對人物褒貶也常投司馬氏所好，但這在書中所占比重是較小的。

《三國志》在文學史上的最大影響，是它所記載的人物故事，一千多年來成了民間說唱、戲曲、小說的取材淵藪。唐代李商隱〈嬌兒詩〉曾提到說書人形容張飛、鄧艾的神色語態。蘇軾《東坡志林》中載，里巷小兒聽三國故事，聞劉備敗輒愁苦，聞曹操敗即開心。至宋、元兩代戲曲中，桃園結義、過五關斬六將等三國故事劇目，比比皆是。我國四大古典文學名著之一的《三國演義》，也是以此為藍本，進行大量藝術加工和典型概括而寫成的。

總之，《三國志》較全面地記載了三國時期的歷史，內容雖失於疏略，但「高簡有法」（晁公武《郡齋讀書志》），仍不失為一部優秀的歷史著作。

一賦三都，洛陽紙貴

左思寫了一篇〈三都賦〉，當時轟動了整個京城。豪貴之家把《三都賦》視為至寶，爭相抄寫，竟使洛陽的紙張突然緊張起來。這就是〈三都賦〉引起的「洛陽紙貴」的美談。

《三都賦》是怎樣寫出來的呢？左思出身於書香門第，少年時期就受到良好的文化薰陶，詩、書、琴、畫都學過，但卻沒有什麼顯著成績。有一天，他父親左雍對朋友說：「左思的學識，不及我少年的時候。」左思得知此話後，心裡很難過，就暗下決心努力學習，寫作水平有了明顯的提高。

在臨淄老家時，左思曾用一年時間寫過〈齊都賦〉。後來，他妹妹左棻進宮為晉武帝修儀，他也從臨淄來到洛陽。良好的讀書環境和治學氛圍，更加激起他在文學上大幹一番事業的想法。他先後仔細讀了班固的〈兩都賦〉和張衡的〈二京賦〉，雖感文字典雅，氣魄宏大，寫出了漢朝東都洛陽和西京長安富麗堂皇的宏偉景象，但有的景物缺乏事實依據，不免給人以虛假的感覺。於是，他決定超越前人，另起爐灶，把三國時的蜀都益州（今四川省成都市）、吳都建業（今江蘇省南京市）和魏都鄴城（今河南安陽北）寫入賦中，合稱〈三都賦〉。

左思為了做到言必有據，真實可信，查閱了大量有關資料，拜訪了許多長期生活在這三個地方的人。他聽說張載在四川做過官，又熟悉益州情況，就幾次登門求教。張載很喜歡左思的這種勤奮好學精神，總是有問必答，從不厭煩。就這樣，左思掌握了大量的益州及附近的風土人物、山川草木的第一手材料。可他仍感材料不足、依據不充分，又藉助秘書郎的官職之便，找來了有關蜀都、吳都、魏都的大量史籍、方志、地圖，對照研究，力求做到對三個都城的山川城邑的描寫都合乎地理所載，鳥獸草木都能在方志上找到依據。

經過一段時間的潛心琢磨與構思，左思開始動手寫〈三都賦〉。為了集中精力寫作，他閉門謝客，每天天剛亮就起床翻閱資料，整理筆記，進行寫作。他還在書房內、院子裡、大門邊，甚至廁所外面，擺上小桌，安放好筆墨紙硯，想到一個好詞語、好句子，馬上就提筆抄在紙上。到了晚上，他又對著燭火，凝神苦思，反覆修改。紙上畫得密密麻麻的，幾乎辨認不出哪些是刪去的句子，哪些是要保留的句子。

當時的文學家陸機剛到洛陽時，也曾打算寫〈三都賦〉，聽說左思早已動筆，不由撫掌大笑起來。他在給弟弟陸雲的信中說：「這裡有個鄙賤的北方佬想作〈三都賦〉，等他寫完後，我把它拿來蓋酒罈子。」左思不僅不氣餒，反而更加廢寢忘食，發憤寫作，字斟句酌，精益求精。整整寫了十年，從青年人變成了中年人，才把〈三都賦〉完成。

十年心血不白流，功夫不負有心人。左思感到如釋重負，無比輕鬆。他認為自己這部著作不亞於班固的〈兩都賦〉和張衡的〈二京賦〉，定會得到當時文人墨客的讚賞。誰知那些峨冠博帶的文人們竟說三道四，吹毛求疵，把這部費了十年心血的傑作說得一無是處。左思憤憤不平，就去找文學家張華品評。張華看了〈三都賦〉，連聲讚好，並安慰他說：「你的文章寫得非常好，但是你在洛陽沒有名聲，所以大家都看不起你的文章。皇甫謐先生德高望重，人人敬仰，你能找他寫篇文章推薦一下，保證會受到歡迎。」左思立即登門拜訪皇甫謐，說明來意。皇甫謐看了〈三都賦〉，果然大加讚賞，親自作序。

左思的〈三都賦〉之所以造成洛陽紙貴、陸機輟筆的局面，並不是因為有些文人的推崇，而是因為他的文章寫得確實精美真實。

天才秀逸：「太康之英」陸機

西晉太康元年（二八〇年），司馬炎稱帝後滅吳，統一了中國。短暫的統一也帶來了社會的安定、經濟的發展和文學的繁榮。文壇上出現了「三張」（張載、張協、張亢）、「二陸」（陸機、陸雲）、「兩潘」（潘岳、潘尼）、「一左」（左思），呈現出一派繁榮景象。其中陸機的詩聲文名尤重於當時，鍾嶸《詩品》評曰：「陸機為太康之英，安仁（潘岳）、景陽（張協）為輔。」並把陸機的詩作列為上品。

陸機字士衡，吳郡華亭（今上海市松江縣）人。三國吳景帝孫休永安四年（二六一年）出生於江南名門世家。祖父陸遜為東吳丞相；父親陸抗為東吳大司馬。陸抗死後，陸機襲「領父兵為牙門將」（《晉書・陸機傳》）。陸家為東吳豪門世族，「文武奕葉，將相連華」（同上）。由於家教嚴格，陸機本人又天資聰穎，勤奮好學，少年時就才華出眾，「少有異才，文章冠世，伏膺儒術，非禮不動」（同上）。

陸機少年時，好獵善射。在東吳時，豪客們獻給他快犬一條，名曰「黃耳」。此犬黠慧，能解人語。陸機羈旅京師，久無家訊，就對犬說：「我家絕無書信，汝能齎書取消息不？」犬搖尾作聲應之。他試為書，盛以竹筒，系之犬頸。犬尋路南走，遂至其家。家人開筒取書，看畢，又作答書，放之筒內，復系犬頸。犬既得答，速馳回洛陽。其後犬常往來送家書。後來「黃耳」病死，陸機將其遺體運回老家，葬於離陸家二百步的一棵老樹旁邊，聚土為墳，村人呼為「黃耳塚」。

二八〇年陸機二十歲時，晉武帝司馬炎發兵二十餘萬，一舉滅了東吳。東吳滅亡後，他與弟弟陸雲回到故鄉，閉門勤學，積有十年。

太康（二八〇—二八九年）末，陸機與弟弟陸雲入洛陽見張華。張華名重一時，又喜獎掖後進。本來就素聞陸氏兄弟大名，且一見如故，曰：「伐吳之役，利獲二俊。」十分賞識陸氏兄弟，尤其推重陸機，曾嘆曰：「人之為文常恨才少，而子更患其多。」

陸機天才秀逸，詩文辭藻宏麗，獨步當時。弟陸雲嘗與書曰：「君苗見兄文，輒欲燒其筆硯。」後葛洪稱機文：「猶玄圃之積玉，無非夜光焉，五河之吐流，泉源如一焉。其弘麗妍贍，英銳漂逸，亦一代之絕乎！」（《晉書・本傳》）

陸機一生，雖在政治上走的是坎坷之途，與父輩相比未能顯示出仕進的高下，但在文學創作上卻是身手不凡。所著詩文頗多，陸雲在〈與兄平原書〉中說：「兄文方當日多，但文實無貴於多，多而如兄文者，人不厭其多也。」還說他曾「集兄文為二十卷」。陸機「所著文章凡三百餘篇，並行於世」（《晉書・陸機傳》）。明張溥《漢魏六朝百三名家集》收有《陸平原集》。

陸機的詩文創作可劃分為三個時期：少年時期、青年時期和壯年時期，或兩個階段，即以入洛為界。據粗略統計：少年時期詩文現有三十六篇（包括擬古詩十二首在內），青年時期詩文只有八篇（〈演連珠〉五十首隻算一篇），壯年時期詩文現存八十五篇。這八十五篇詩文除去〈辯亡論〉兩篇和〈漢高祖功臣頌〉是入洛前一年（二八八年）撰寫外，全部是入洛後之作。

入洛前的詩文除去青年時期的十來篇外，三十幾篇堆積陳典，羌無故實，遣詞安雅，並無寄意，這是此間詩文的特點。

入洛後的詩文，既有抒發國破家亡的感慨，也有敘寫人生離合的悲歡及仕途艱危的苦悶，如〈赴洛道中作〉二首，寫離別故園的心情和對途中見聞的感受；〈隴西行〉流露出對當時社會現實的不滿；〈猛虎門〉主要藉志士的苦悶反襯自己功名無成、進退維谷的處境。

文藝批評家們對陸機的詩文褒貶不一，但對入洛陽後詩文肯定者多，對入洛前詩文肯定者少。

陸機工於詩賦，長於駢文，講求辭藻和排偶，內容及情感略顯貧乏。追求形式華美和辭藻宏麗的特點，代表了兩晉文壇上的典型文風。鍾嶸的《詩品》稱其「才高詞贍，舉體華美」。孫綽云：「潘（岳）文爛若披錦，無處不善；陸（機）文若排沙簡金，往往見寶。」（《世說新語・賞譽》）劉勰稱：「士衡才優，而綴辭尤繁。」（《文心雕龍・鎔裁篇》）可見，在六朝時期對其詩文的評價。

陸機自太康末（二八九年）入洛陽，開始了在晉的仕宦生活。在文壇領袖張華的引薦下，結識了不少文人名士和達官顯貴。一次去拜訪侍中王濟，王濟指著羊酪對陸機說：「卿吳中何以敵此？」答云：「千里蓴羹，未下鹽豉。」時人稱為名對。陸機的才華與名氣，使他很快涉足仕途，捲入政治鬥爭的旋渦，以至不能自拔。

太熙元年（二九一年），太傅楊駿闢為祭酒。此時，楊駿與賈後爭權已趨白熱化，賈后殺楊駿，滅其族。賈后專權，賈謐參預朝政。陸機參與了以賈謐為核心的「二十四友」文人集團，以好結交權門、屈身降節權貴獲譏。元康四年（二九四年），出任吳王司馬晏郎中令，遷尚書中兵郎，轉殿中郎。趙王司馬倫輔政時，被引為相國參軍，因參與誅賈謐有功，賜爵關內侯。後趙王司馬倫欲篡位被誅，陸機受牽連下獄，被成都王司馬穎、吳王司馬晏救出。時正處「八王之亂」時，顧榮、戴若思等勸陸機退隱還鄉，但陸機負其才名，還想匡時救難，有所作為，又加感念司馬穎救命之恩，遂委身司馬穎為大將軍軍事，表為平原內史，後世稱為陸平原。太安二年（三〇三年）司馬顒聯合司馬穎起兵反司馬倫，陸機為後將軍、河北大都督，率軍二十萬大攻洛陽城。兵敗，宦官孟玖等人趁機進讒言，誣告他有異志，遂為司馬穎所殺。刑前嘆曰：「華亭鶴唳，豈可復聞乎？」終年四十三歲。因死非其罪，士卒莫不流涕。

太康文壇三兄弟

「太康中，三張、二陸、兩潘、一左，勃爾復興，踵武前王，風流未沫，亦文章之中興也。」這是鍾嶸《詩品》中的評論。其中所提「三張」是指西晉太康、元康時期著名詩人三兄弟張載、張協、張亢。

張載，字孟陽，安平（今河北安平）人。約生活於晉武帝太康前後。其父張收，曾做過蜀郡太守。他與其弟張協、張亢都以才華聞名，世稱「三張」。

張載性情閒雅，學識淵博，善於作文章。晉武帝司馬炎太康初年（二八〇年），他到蜀地探望其父，路經劍閣，有感於蜀人恃險好亂，便寫了一篇告誡性的銘文〈劍閣銘〉。其文曰：

岩岩梁山，積石峨峨。遠屬荊衡，近綴岷嶓。南通邛僰，北達褒斜。狹過彭碣，高逾嵩華。唯蜀之門，作固作鎮。是曰劍閣，壁立千仞。窮地之險，極路之峻。世濁則逆，道清斯順。閉由往漢，開自有晉。秦得百二，併吞諸侯。齊得十二，田生獻籌。矧茲狹隘，土之外區。一人荷戟，萬夫趑趄。形勝之地，非親勿居。昔在武侯，中流而喜。山河之固，見屈吳起。興實在德，險亦難恃。洞庭孟門，二國不祀。自古迄今，天命匪易。憑阻作昏，鮮不敗績。公孫既滅，劉氏銜璧。覆車之軌，無或重跡。勒銘山阿，敢告梁益。

文中以誇張性的語言描寫了劍閣之險：「岩岩梁山，積石峨峨」，「是曰劍閣，壁立千仞。窮地之險，極路之峻」。又以誠懇口吻勸誡那些懷有不測之心者：「自古迄今，天命匪易。憑阻作昏，鮮不敗績。公孫既沒，劉氏銜璧。覆車之軌，無或重跡。」文中「一人荷戟，萬夫趑趄」，成為流傳後世的名句。益州刺史張敏看到此文後，認為這是一篇奇文，便上表朝廷極力推薦，晉武帝便派人將此文刻於劍閣山上。唐代大詩人李白創作〈蜀道難〉時曾借鑑此文。

張載還作〈榷論〉一篇，文中大量用事。如伊尹逢鳴條之戰而任以國政，呂尚建牧野之功而為太公。「時平則才伏，世亂則奇用。」當今之世，天下太平無事，由此沒世而不齒者不可勝數。於談古論今之中，總結歷史，抒發智無所運、勇無所奮的感慨。

後來，又寫了〈蒙汜賦〉。司隸校尉傅玄看後嗟嘆不已，以車迎之，言談終日，並替他廣為宣揚，由此知名於時，被任命為佐著作郎，後轉任太子中舍人、弘農太守。最後官至中書侍郎。張載見當時天下紛亂，便無仕進之意，不久托病告歸，卒於家中。

張載作品除上述三篇外，今存詩作還有〈登成都白菟樓〉、〈贈虞顯度〉、〈失題〉、〈秋詩〉、〈霖雨〉、〈招隱詩〉、〈七哀詩〉等。其中尤以〈七哀詩〉二首成就最高，兩首詩都是藉物感懷之作。其一借用了古墓詠懷，見古墓而生悲，在古人詩中甚為多見。〈古詩十九首〉中的〈去者日以疏〉一詩中寫遊子過墓而思鄉。〈驅車上東門〉中「遙望郭北墓」而感慨人生短暫。張載詩中全篇描寫墓地，先說漢代帝王陵墓高大，林木茂盛。接下來用大量的篇幅寫陵墓遭受的破壞，景象的淒涼，由此點出主題：「昔為萬乘君，今為丘山土。」詩篇雖處處離不開「悽愴」的古墓，卻於腐朽的古墓中滲透出今古變遷的悲愴感嘆：「感彼雍門言，淒愴哀往古。」淒涼中含有歷史的警策。〈七哀詩〉其二描寫了一幅蕭瑟的秋景圖，詠物抒懷，感嘆年華易逝，光陰難駐。

張協，張載之弟，字景陽，約生於魏高貴鄉公正元二年（二五五年）。少有俊才，與張載齊名。最初徵召為公府掾，又轉秘書郎，補華陰令。後遷中書侍郎，出為河間內使。他看到天下盜寇橫行，步兄張載後塵，棄絕人事，退居草澤，以吟詠自娛，擬先人「七」體，作〈七命〉一篇，洋洋灑灑二千餘言，詞采富麗，規模宏大，世以為工。晉懷帝司馬熾永嘉初年（三〇七—三一三年），徵召他為黃門侍郎，託病不就，終於家中。

張協在「三張」中文學成就最高，原有集四卷，已散佚。現存詩十三首，內容寫閨情怨婦、鄉關之思或歸隱遁世之志。藝術上淒楚婉約，詞清語拔，雖詞精韻美，卻不失自然之風。鍾嶸將其詩列為上品，並評其詩曰：「文體華靜，少病累，又巧構形似之言。雄於潘岳，靡於太衝（左思），風流調達，實曠代之高手。詞彩蔥茜，音韻鏗鏘使人味之亹亹不倦。」（《詩品》）其中以〈雜詩〉十首為代表作。現舉〈雜詩〉其一為例：

秋夜涼風起，清氣盪暄濁。蜻蛚吟階下，飛蛾拂明燭。君子從遠役，佳人守煢獨。
離居幾何時？鑽燧忽改木。房櫳無行跡，庭草萋以綠。青苔依空牆，蜘蛛網四屋。感物
多所懷，沉憂結心曲。

這是一首思婦感時懷遠之作，採用了傳統的借景抒情的手法。開篇四句，營造了一個

靜態的「無我之境」，用白描手法勾勒出一幅線條清晰的秋夜圖景。接下四句，由物及人，寫出了因丈夫長久未歸致使妻子孤獨難耐，用鑽木取火，隨季節改換用木的生活小事襯出夫妻二人離別之久。最後六句，承上而來，使上文所寫之物、所及之人融為一體。妻子因思低頭，「凡人所思，未有不低頭，低頭則目之所觸，正在昔日所行之地上」（吳淇《六朝選詩定論》）。所見到的庭草、青苔、蜘蛛網無不觸人心懷。情寓物中，以物寄情，情景交融，兩者無間。

張協詩歌文體華淨，多淒怨之情。何焯評曰：「張景陽《雜詩》，於建安能者而外，復變創斯體。」又曰：「胸次之高，言語之妙，景陽與元亮（陶淵明）之在西晉，蓋猶長庚，君明之麗天矣。」又曰：「詩家練字琢句，始於景陽，而極於鮑明遠（照）。」（《義門讀書記》）鍾嶸目其為太康文學的傑出代表：「陸機為太康之英，安仁（潘安）、景陽為輔。」

太康「三張」中年歲最小的是張亢，字季陽。生卒年不詳。其才不及二兄，在音樂伎藝方面卻尤為善長。曾著〈述歷讚〉，是專門論述音律的文章。中興初，拜為散騎侍郎，領著作郎，累官烏程令、散騎常侍等。

「江東步兵」張季鷹

「使我有身後名，不如即時一杯酒」，反映了一種放曠達觀的人生態度，此語出自東晉名士張翰。

張翰，字季鷹。吳郡吳（今江蘇蘇州）人。約生於魏高貴鄉公甘露三年（二五八年）。其父張儼曾任吳國大鴻臚（主掌禮賓事務的官）。張翰博學有清才，善於作文。他性格放縱不羈，被時人比之阮籍（曾作步兵校尉，世稱阮步兵），稱其為「江東步兵」。司空賀循到京都洛陽就職，途經吳地的閶門時，在船中彈琴。張翰本與他互不相識，此時正在金閶亭上，聽見琴聲清朗明澈，便下船尋訪賀循，於是互相交談論說，結果彼此加深了瞭解。張翰問賀循：「您要往哪裡去？」賀循回答：「去洛陽奉命。」張翰隨即說道：「我也有事赴京（指洛陽），正好與您同路。」張翰便順路搭船和賀循一同赴京。他事先並未告知家人，待家裡追尋起來，方知他已到了洛陽。

晉惠帝時，齊王司馬冏出任大司馬，主持國政，張翰被闢為大司馬東曹掾。司馬冏獨攬權柄，日益驕橫，致使局勢更加動盪。張翰本無求於世，見世道紛亂，早生歸退之意。他曾對同鄉顧榮說：「天下紛紛，禍難未已，夫有四海之名者，求退良難。吾本山林間人，無望於時。子善以明防前，以智慮後。」顧榮握住他的手，悲戚地說：「吾亦與子採南山蕨，飲三江水耳！」一日，張翰見秋風起，忽然思念吳中菰菜、蓴羹、鱸魚，便懊悔地說：「人生貴適志，何能羈宦數千里，以要名爵乎？」於是掛冠而去，命駕還鄉。這一典故後來成為文人隱居的榜樣。不久，齊王司馬冏發起叛亂，兵敗被殺，張翰因離任歸鄉而倖免於難。由此觀之，他的見秋風思鱸魚，棄官還鄉，其實是審時度勢之後做出的明智之舉。清代文廷式在《純常子枝語》中評曰：「季鷹真可謂明智矣。當亂世，唯名為大忌。既有四海之名而不知退，則雖善於防慮，亦無益也。季鷹、彥先（顧榮）皆吳之大族。彥先知退，反而獲免。季鷹則鴻飛冥冥，豈世所能測其深淺哉？」

張翰性至孝，他歸鄉不久，母親去世，心中極為哀傷。從此，他自感年老體弱，不宜再入朝為官，遂即寓居於室，以享天年，約於晉元帝大興二年（三一九年），病逝於家中，享年約六十二歲。

張翰自小博學有逸才，善作詩賦，提筆立就。劉勰在《文心雕龍・才略》中說：「季鷹辨切於短韻。」稱讚他的小詩寫得明辨而切實。其詩以〈雜詩〉三首較出名。其一云：

暮春和氣應，白日照園林。青條若總翠，黃花如散金。嘉卉亮有觀，顧此難久耽。
延頸無良途，頓足托幽深。榮與壯俱去，賤與老相尋。歡樂不照顏，慘愴發謳吟。謳吟何嗟及，古人可慰心。

詩歌開篇寫景，春風和暢，白日朗朗，綠枝滿園，黃花遍地，一「總」一「散」，盡現春的嬌豔、春的嫵媚。其中尤以「黃花如散金」一句最為後人稱賞，鍾嶸的《詩品》稱讚此句是「虯龍片甲，鳳凰一毛」。張翰追求人生的「貴得適志」，不願在旦夕禍福、瞬間浮沉的宦海中掙扎，而去追尋家鄉的風物美味，聊以自慰。但他畢竟少立壯志，意欲有為。只是當他感到仕途無望、萬般無奈之際，才歸鄉寓居以「適志」，將園林山水、美味佳餚作為自己的精神寄託。所以他觸景生情，感慨萬千。「延頸無良途，頓足托幽深」，含蓄地點出了作者身在山林而心念天下、人歸家園而壯志未滅的委曲情懷。感慨之餘，詩尾只能以古人的德行事蹟作為自身心靈的安慰：「謳吟何嗟及，古人可慰心。」鍾嶸的《詩品》評其「雖不具美，而文采高麗」。李白在〈金陵送張十一再遊東吳〉詩中讚曰：「張翰黃花句，風流五百年。」

〈雜詩〉其二是一首詠物詩，詩云：

東鄰有一樹，三紀裁可拱。無花復無實，亭亭云中竦。除禽不為巢，短翮莫肯任。

開頭以「三紀」言此樹生長時間之長，以此顯示其生命的困厄，託物喻人，以抒自己人生坎坷之感。接下來兩句，寫此樹並不因無花無果而自慚形穢，而是以其挺拔的姿態顯示自己的傲骨。此句既寄寓著詩人對世俗偏見的輕蔑，又包含著作者對自身價值的肯定和自賞。最後兩句以鳥喻人，影射現實中那些趨炎附勢的小人，含蓄地表達了心中那種懷才不遇、難為世用的鬱悶情懷。

〈雜詩〉其三云：

忽有一飛鳥，五色雜英華。一鳴眾鳥至，再鳴眾鳥羅。長鳴搖羽翼，百鳥互相和。

詩中寫到一鳥飛臨，引吭長鳴，眾鳥齊鳴相和，其色華麗，其聲悅耳。詩中所寫似有寄託，但過於含蓄，難以推測。

張翰見秋風起而掛冠歸鄉時，也曾寫下〈思吳江歌〉一首：

秋風起兮佳景時，吳江水兮鱸魚肥。
三千里兮家未歸，恨難得兮仰天悲。

前二句重在寫景。秋風颯颯，天高雲淡，一派佳麗景色。遙念故鄉，此時正是鱸魚肥美的收穫季節吧。詩人念及此處，不禁頓生鄉關之思。觸景生情，情景交融，使詩歌含蓄蘊藉，魅力無窮。後兩句因「蓴鱸之思」而引發心中的「恨」與「悲」。單從字面上看，此「恨」、此「悲」純因離鄉千里而起，但如果聯繫寫作此詩時的政治處境和動盪局勢，其所暗含的政治失望、避禍全身之意也就很明顯了。辛棄疾〈水龍吟〉（登建康賞心亭）詞云：「休說鱸魚堪膾，儘西風，季鷹歸未？」可見張翰的「蓴鱸之思」對後世文人的影響之深。

張翰一生能詩善文，尤其精於小詩創作，寫得明辨而切實。宋濂曾評價張翰詩，他的詩取法於建安詩人劉楨，精於五言，詩風省淨。鍾嶸《詩品》中將其詩列為中品，很有道理。

其詩除〈雜詩〉三首外，還有〈周小史詩〉；其賦有〈杖賦〉、〈豆䕸賦〉等。現存作品散見於《文選》及《藝文類聚》等書。

「三王墓」的傳說故事

這一故事在民間流傳有著悠久的歷史。

故事背景在春秋戰國時代。當時的楚國有兩位鑄劍名師，男為干將，女為莫邪，二人是夫妻。楚王聽說他們的絕技後，就命其為自己鑄劍。干將莫邪歷盡艱辛，三年後把劍鑄成了。楚王怒其三年乃成，欲殺之。

干將莫邪鑄造的是一對雌雄劍。干將給楚王送劍時，正逢其妻懷孕將產。他臨走囑咐說：「我們鑄劍用了三年，楚王恐我再為他人鑄劍，對他不利，定會藉此殺我。我死後，如果生下的是男孩，等他長大，讓他替我報仇。」並告之「出門望南山，松生石上，劍在其背」的口訣，然後帶劍去見楚王。

他來到皇宮獻上寶劍。楚王讓人來識別，知道劍本應是雌雄雙劍，而現在只帶來了雌劍。楚王大怒，就把乾將殺掉了。

干將走後，莫邪生下一男孩。這孩子鼻子很紅，就取名曰「赤」（又名赤鼻）。及長乃問其母：「我父親在哪裡？」莫邪告訴他說：「當年你父為楚王鑄劍，三年乃成，楚王藉口把他殺害。你父臨走囑咐我告訴你替他報仇。」並說了口訣。

赤真想馬上尋到寶劍為父報仇。便來到門口向南望，並不見有山，當他看到堂前松木柱子和下面的基石時，馬上明白了「松生石上」的隱語。他立即用斧子把松木柱子劈開，果然得到了寶劍。他日夜想著如何殺掉楚王為父報仇。

一天，楚王做了個夢。夢中有一男孩，眉間很寬，要殺他為父報仇。他很害怕，便懸賞千金捉拿這個男孩。

赤聽說楚王捉拿他，便逃到山中，邊走邊哭邊唱。有個路人聽到就問：「你這麼小，為什麼哭得如此傷心？」赤回答說：「我乃干將莫邪之子，楚王殺害了父親，我欲為父報仇，卻又無法實現，心裡如何不難過？」這個俠肝義膽的行人聽後非常氣憤。他說：「我聽說楚王用千金懸賞你的頭顱。我要你的頭顱和寶劍，來替你報仇雪恨。」赤高興地說：「只要能為父報仇，要什麼都可以。」說完即自刎，雙手捧頭和劍送與俠客，身體卻僵立不倒。俠客知道他的心事，就說：「我決不辜負你的希望！」聽了這話，赤的身體才倒下。

俠客帶著寶劍和赤的頭來到王宮，把頭獻給楚王。楚王非常高興。俠客說：「這是勇士的頭顱，應當放在鍋裡煮爛。」楚王很相信此話，命人架起鍋煮了三天三夜，頭就是不爛，並且躍出水來瞋目怒視。俠客說：「此兒頭不爛，大王親臨觀之，那頭顱就一定會煮爛了。」楚王於是親臨鍋前，俠客看準時機，迅速拔出寶劍，砍下楚王的頭顱，俠客隨即自刎，二人頭顱皆落入湯鍋中。於是三顆頭顱俱爛於鍋中，不可識別。最後只好把鍋中的骨頭和湯分成三份，按照國王的標準埋葬在一起。這個墓便被稱為三王墓。

〈三王墓〉通過神話傳說的形式，展示了統治者的兇狠殘暴和人民向壓迫者復仇的強烈願望。在藝術上，首先情節曲折，富有故事性。在敘述中善設懸念，起到了強烈吸引讀者的藝術效果。文中先寫乾將留劍、被殺，然後寫其子得劍欲報父仇。接著寫客得劍於赤。客得劍於赤僅憑一句承諾，並無有效的方式可制約他必代赤報仇，赤能否受騙呢？還得看到結尾。可見其情節曲折，故事完整，可讀性強，這在同期志怪小說中是較為突出的。

其次，故事中的人物形象鮮明生動。赤是主人公，為報父仇不惜犧牲自己的生命，反映了他的復仇精神和視死如歸的性格。他的頭在鍋中三日三夜不爛，瞋目怒視，這一虛構誇張的細節描寫，刻畫了具有強烈反抗精神的典型形象。

俠客代赤復仇，路見不平，拔刀相助，一諾千金，不失英雄本色，最後壯烈地與楚王同歸於盡。這一形象，充分表現了被壓迫者見義勇為、不怕犧牲的人格精神。

再次，小說善於用對話展示情節的發展變化，並有一定的細節描寫。全文對話有莫邪與干將、母與子、子與客、客與王幾處，這是全篇情節發展的線索，像一條鎖鏈，一環接一環，環環相扣，每次對話都交代了下文發展變化的原因。為了突出赤這一主要人物，文中有兩處細節描寫。赤一聽客可為他報仇，毫不猶豫地自刎，身體不倒，足見其報仇心切；他的頭在湯中三日不爛，且從湯中躍起瞋目怒視楚王，具體描繪出反抗的強烈，突出了他頑強的性格特徵。

〈三王墓〉故事流傳極廣，六朝唐宋以後的許多地理志中載有三王墓的遺址。

總之，〈三王墓〉是一篇驚險離奇、膾炙人口的優秀歷史傳說故事。

文武奇才大將軍桓溫

晉永嘉六年（三一二年），宣城內史桓彝喜得貴子。好友太原祁縣人溫嶠見之，曰：「此兒有奇骨，可試使啼。」聞其啼聲洪壯，曰：「真英物也！」桓彝因嬰兒為溫嶠所賞，所以起名為桓溫，他就是後來專擅朝廷、威震南北的大將軍桓溫。

桓溫，字元之，譙國龍亢（今安徽省懷遠西）人。少年時孔武有力，膽識過人。晉成帝咸和二年（三二七年）十一月，歷陽內史蘇峻勾結豫川刺史祖約發動叛亂。咸和三年二月，蘇峻部將韓晃攻陷宣城，殺死了內史桓彝。是年，桓溫年僅十五，枕戈泣血，誓報父仇。三年後，韓晃病卒。其子韓彪兄弟三人為父守喪，置刃杖中，用來防備桓溫。桓溫假裝弔喪，挾刀徑入，於屋內手刃韓彪，並追殺其二弟。

桓溫身體魁梧堂堂，相貌奇偉，博通多聞，富有文才武略，據說面有七星，為世人所奇。沛國人劉惔曾讚曰：「溫眼如紫石稜，須作蝟毛磔（磔，分開意），孫仲謀（孫權）、晉宣王（司馬懿）之流亞也。」為人豪爽不羈，任意而行，好結交俠義之士，縱談天下大事，不拘禮法，隨心所欲。年輕時，家中貧困，但生性好賭，一次輸得極慘，債主登門催債甚急，出於無奈，求救於好友陳郡人袁耽，方為終了。做官後，亦儉省樸素，每次宴請客人時，只備下幾盤茶果而已。後被明帝召選，婚配南康長公主，拜駙馬都尉，襲爵萬寧男，初任琅琊太守，累遷至徐州刺史。庾翼死後，朝廷意欲重用桓溫，繼任荊州刺史。丹陽尹劉惔了解桓溫的才華，但也深知他的野心，不無憂慮地說：「使伊去，必能克完西楚，然恐不可複製。」最終仍被任為荊州刺史、安西將軍，都督荊梁四州諸軍事。

此時，蜀主李勢無道，臣民不附，憑藉蜀地之險，疏於防備。桓溫意欲趁其微弱之時伐之，以解除東晉側翼之威脅。晉永和二年（三四六年）末，率眾西伐。即日上表入都，未待批復，便即西進。晉朝廷接到桓溫伐蜀表書，都認為李勢在蜀經營已久，上承幾代基業，根基牢固，而且蜀道艱險遙遠，長江三峽地勢險要，易守難攻，桓溫兵少無繼，孤軍深入，恐難成功。劉惔卻對桓溫徵蜀深信不疑，諫曰：「伊必能克蜀，觀其蒲博（一種賭博遊戲），不必得，則不為。」

桓溫亦深知孤軍深入，不宜久戰，故命士卒輕裝疾進，直趨蜀境，待到蜀軍知覺，桓溫已突入三峽。行軍其中，見絕壁天懸，騰波迅急，嘆曰：「既為忠臣，不得為孝子，如何！」李勢聞知晉軍來犯，急令其叔父右衛將軍李福、從弟鎮南將軍李權率卒直趨合水，堵截晉軍。桓溫採納袁喬「集中優勢兵力，重點突擊」的建議，率主力，攜帶三日糧，棄去餐具，避敵主力，直搗成都。途中與李權相遇，三戰三捷，蜀兵大敗，逃還成都。晉軍四面縱火，焚毀城門。李勢見大勢已去，派使請降，桓溫將其送往晉都建業（今江蘇省南京市）。至於前蜀將相，一律錄用，蜀人聞之，舉國皆喜。西蜀已定，桓溫置辦酒席，宴請巴蜀名流、豪俊。宴飲之時，桓溫廣徵博引，縱論成敗存亡自古由人而定。其狀磊落豪爽，其情慷慨激昂，滿座皆賞。自此，威名大盛，震動朝野，進位為征西大將軍。

及北趙石虎死，桓溫欲率眾北伐。後知朝廷起用殷浩來抵制自己，甚怒。不久，聲言北伐，拜表便行。簡文帝司馬昱此時任撫軍，與桓溫甚善，行前，桓溫作〈與撫軍箋〉。信中寫道：

北胡肆逆，四十餘載。傾覆社稷，毀辱陵廟。遇其可亡之會，實是君子竭誠，小人盡力之日也。江東雖為未豐，方之古人，復為未儉、少康以一族之眾，興復祖宗，光武奮發，中興漢室。況以大晉之祚，樹德長久，兼百越沃野之資，據江漢山海之利，鹽鐵寶帛之饒，角竿羽毛之用，收英賢之略，盡兵民之力。賦之強也，猶復遵養時晦；及其弊也，不齊力掃滅，則犬賊何由而自平，大恥焉得而自雪？臨紙惆悵，慨嘆盈懷。

文首桓溫力陳胡人之罪，社稷之辱，再寫目前北伐的優勢，最後慷慨陳詞，以表雪恥之志。作品結構完整，言辭懇切，音節和諧，多用鋪陳手法，極富文采，如文中描寫「大晉」盛況一段。後司馬昱復書一封，以社稷大計曉之以理。桓溫隨即回軍，上疏明志：「寇仇不滅，國恥未雪，幸因開泰之期，遇可乘之會。匹夫有志，猶懷憤慨，臣亦何心，坐觀其弊！」言辭懇切慷慨，盡透憂國憂時之情。文中借用「樂毅竭誠，垂涕流奔；霍光盡忠，上官告變」的歷史典故，希望東晉朝廷體察自己的忠心赤膽。後，殷浩北伐失利，朝野怨憤。桓溫趁機上疏要求廢除殷浩，自此，內外大權集於一身。

晉永和十年（三五四年）初，第一次北伐失敗。兩年後，為統一中原，桓溫二次北伐，率軍過淮水、泗水時，與諸僚屬登上船樓，北望中原，慨然嘆道：「遂使神州陸沉，百年丘墟，王夷甫諸人不得不任其責！」王夷甫即晉王衍，字夷甫，位至三公，喜好清談，不以經國為念，而思自全之計，後被趙主石勒俘虜，還勸石勒稱帝，以便同江南晉朝抗衡，後終被殺。桓溫此話是對中原地區淪為夷地的感嘆，同時也是對清談誤國的指責。

太和四年（三六九年），桓溫又率軍五萬，從姑孰（今安徽當塗）出發，進行第三次北伐。經過金城時，見前為瑯琊太守時所種之柳，皆已數圍。睹物生情，頓感時光飛逝，轉眼已至暮年晚景。撫今追昔，慨然歎曰：「木猶如此，人何以堪！」攀枝執條，潸然淚下。後來，因前秦名將慕容垂派奇兵截斷運漕糧道，戰敗退軍。

桓溫三次北伐，三次落敗，但通過北伐活動，提高了聲望，掌握了中央朝政，成為顯赫一時的鐵腕人物。又自矜才力，久懷篡權之心。一次臥床時對親僚說：「為爾寂寂，將為文景所笑。」意思是，像你們那樣碌碌無為，只能是被漢文帝、景帝那樣的人所恥笑罷了，眾人莫敢應對。既而撫枕屈起曰：「既不能流芳後世，不足復遺臭萬載邪！」曾行經王敦墓，望之曰：「可人（意為有長處可取的人），可人！」王敦為東晉的佐命功臣，手握重兵，勢力顯赫，曾兩次起兵作亂，意欲篡奪王位。桓溫此言，足見其篡位之野心。桓溫本打算先建功於北伐，再受「九錫」（權臣接受帝王禪位前的一種榮典）。然而北伐兵敗，威望頓減。於是採納參軍郗超廢立之計，廢掉皇帝司馬奕而立宰相司馬昱為帝（簡文帝），誅殺政敵，流放異己。是時桓溫威勢盛極一時，朝廷上下，人人惴恐。桓溫回歸姑孰不久，便寢疾不起，上表要求朝廷加封自己以「九錫」之禮。宰相謝安、王坦之聞其病重，故意拖延。錫文未及成而死，享年六十二歲，諡號宣武。

風流宰相晉代豪強謝安

「舊時王謝堂前燕，飛入尋常百姓家。」這是唐代大詩人劉禹錫《烏衣巷》中的兩句詩，藉古抒懷，寄寓著深刻的歷史反思。詩中所題「王謝」，乃晉代兩大豪門。其中「謝」即以風流宰相謝安為首的謝氏家族。

謝安，字安石，陳郡陽夏（河南太康）人。生於晉元帝大興三年（三二〇年）。自幼天資聰慧，勤奮好學，精通詩文，善於言辯，還寫得一手出色的行書。四歲時，譙郡人桓彝曾稱讚說：「此兒風神秀徹，後當不減王東海（晉名士王承）。」謝安曾隨阮裕學習〈白馬論〉，勤奮好學，凡遇不解之處，反覆請教以求全部理解。阮裕為之所動，讚嘆道：「能解釋明白〈白馬論〉的人難得，即便像謝安這樣尋求透徹了解的人也很難得！」

魏晉時代，清談之風盛行。世人交談時，務必追求言談寓意的深刻，舉止形體的瀟灑。士紳名士待人接物，極重言辭風度的修養。謝安出身豪族，善於談論名理之學，辭論豐富，有時終日不竭。不滿二十歲時，第一次到京城，拜訪長史王濛，二人辯名析理，清談論對，通宵達旦，心中彼此敬服。謝安走後，王脩（王濛之子）問道：「剛才之客與父相比何如？」王濛回答說：「客人娓娓不倦，言談應對，咄咄逼人。」欽佩之情，溢於言表。

初，謝安被徵召司徒府，以疾辭。後寓居東山（今浙江省上虞），與高陽許詢、桑門支遁等賢德之人交往甚密。出則漁弋山水，入則詠詩屬文，對世事的變幻，無意於心。一次，幾人共集王家，謝安環顧諸人，提議一起談論吟詠，以抒其懷。王濛覓得《莊子・漁父》一篇，要求各言其中義理。謝安暢談時，洋洋萬餘言，才思敏銳高妙，特異超俗。加之意氣風發，多用比擬、寄託，瀟灑自如，風流倜儻，滿座莫不心服。

在文學創作方面，謝安反對模擬古人，因循守舊。庾闡（庾亮同族兄弟）初作〈揚都賦〉一篇，獻與庾亮。亮以同宗之情，極力抬高其聲望價值，聲言此文可與班固〈兩都賦〉、張衡〈二京賦〉、左思〈三都賦〉相媲美。從此人人傳抄，京都為之紙貴。謝安不為所惑，評曰：「不得爾，此是屋下架屋耳，事事擬學，而不免儉狹。」意即寫文章如果處處模擬別人，自然免不了內容貧乏無味，視野狹窄。

謝安不僅自己喜好文學，且經常召集本族子弟，吟詩作賦，培養他們的文學興趣，引導他們進行文學創作。《世說新語．文學篇》記載：謝安曾集同門子弟論詩，問曰：「《毛詩》何句最佳？」謝玄讚曰：「〈小雅．采薇〉中『昔我往矣，楊柳依依，今我來思，雨雪霏霏』可稱佳句。」謝安糾正說：「〈大雅．抑〉中『訏謨定命，遠猷辰告』當為最佳。」謝玄所言之句，對仗工整，樸實自然，以樂景寫哀，以哀景寫樂，是從純藝術角度對其絕妙之處進行評讚的。謝安所引之詩，意思是賢德之人，處世不為一己謀身，而有天下之慮；疇謀不為一時之計，而為長久之規。謝安從內容方面對此句加以評賞，言其文雅高尚，意趣深遠。

揚州刺史庾冰（庾亮兄）因謝安久負盛名，迫其應召為吏，月餘即歸。後雖數次被召，俱以書信拒絕。終日狎妓遊賞，放情丘壑，任情行事。曾乘牛車西出都門賭博，結果牛、車輸盡，只好拄杖步歸。此時，同門兄弟已有富貴者，門庭絡繹，名士傾服。妻子（劉惔之妹）戲謂謝安曰：「大丈夫不該如此乎？」謝安預感朝廷必會繼續徵召他出仕，故以手摀鼻，無奈嘆曰：「但恐不免耳。」意指出山為官的結局不可避免。

在其不惑之年，兄謝奕、謝尚先後去世，弟謝萬北征失敗，削為庶民。謝氏大廈將傾，迫於形勢，他始有仕進之意。初為桓溫司馬，頗受器重。後徵拜侍中，遷為吏部尚書中護軍。桓溫死後，繼任丞相。

謝安性情遲緩，素以雅量聞名於世。心胸曠達，似能包容萬物，七情六欲皆能容納於胸中。深藏不露，臨危不懼，處變不驚，喜怒哀樂，不改常態。居留東山之時，常與孫興公、王羲之、支遁諸人泛舟海上。一次遊興正濃，驟然起風，波濤洶湧，孫興公等人神色俱變，提議調船返歸。謝安精神振奮，興致正高，嘯詠不已。船夫見謝安神態安閒，心情舒暢，遂猶進不止。很快，風勢更猛，駭浪滔天，船上下飄搖，危險異常。諸人皆騷動不寧。謝安徐徐說道：「如此，將無歸？」船夫隨即調頭歸岸。由此，眾人皆被其雅量所折服。咸安二年（三七二年）簡文帝病死時，桓溫正出征在外，遺詔使桓溫輔政，而非禪位於他。桓溫疑此事為吏部尚書謝安和侍中王坦之策劃，怨恨至深。後入朝，屯兵新亭，傳謝、王二人前去相見，欲加害之。王坦之甚懼，向謝安問計。謝安神色不變，曰：「晉之存亡，在此一行。」即見，王坦之汗流沾衣，倒執手版。謝安則從容就席，意色舉止，不異於常。坐定，謝安謂桓溫曰：「吾聞諸侯有道，當守於四方，將軍何須壁後置人邪？」桓溫笑曰：「吾不能不如此啊！」隨後撤掉伏兵。王坦之原來素與謝安齊名，此後，世人方知二人之優劣。

晉太元九年（三八四年），前秦大舉伐晉，百萬之師投鞭斷流。消息傳來，京師震恐。面對虎狼之師，謝安神態安閒，舉止自若。謝玄入相府問計，謝安夷然無懼色，答曰：「朝廷另有詔諭與你。」說完沉默不語。謝玄不敢再言，只好令張玄再次請示。謝安命人備車逕往山野，與親朋好友縱情山水，至夜乃還，指授將帥，各當其任。淝水一戰，晉軍大獲全勝。捷報傳至相府時，謝安正與客人弈棋，看完後，乃放於床上，了無喜色，對弈如故。客問之，徐徐答曰：「小兒輩遂已破賊。」弈罷客歸，謝安心中甚喜，回到內室時不覺屐齒折斷。世人方知謝安雅量之高，「謝安弈棋」亦成為千古佳話。

淝水之戰後，謝氏家族威望大增。謝安深慮功高蓋世，恐為朝廷所疑，三年後，乃上疏告老，請求還鄉。他與家人從建康出發，途中金鼓忽破，眾人甚覺怪異。謝安時隔不久即去世，享年六十六歲。贈太傅，諡號「文靖」，加封廬陵郡公。

謝安一生著述頗豐。《隋書・經籍志》著錄有集十卷，已佚。《文館詞林》及《古今歲時雜詠》中載有〈與王胡之〉、〈蘭亭〉等詩，皆抒寫其放情山水、寄傲林丘的情懷，當屬山水詩的早期作品。謝安一生怡情山水，詩中情感真摯，景真意切，對後代謝靈運、謝脁等人均有影響。其〈簡文帝諡議〉一文，時人譽為「安石碎金」。另存〈與王坦之書〉、〈與支遁書〉等，散見於《晉書・王坦之傳》及《晉書・高僧傳》。

千古「書聖」，右軍王羲之

唐代大詩人李白在〈送賀賓客歸越〉詩中曰：「山陰道士如相見，應寫〈黃庭〉換白鵝。」此句寫的是東晉書聖王羲之用〈黃庭經〉換鵝的事。相傳王羲之生性愛鵝，會稽山陰有一道士，善養鵝。王羲之聞後前往觀賞，甚為喜愛，執意要買。道士云：「為吾寫〈黃庭經〉，當舉群鵝相贈於君。」王羲之欣然應允，揮毫潑墨，俄而書成，以籠載鵝欣喜而歸。

王羲之是東晉時代的文學家和著名書法家，字逸少，小名吾菟，曾任右軍將軍，故史稱「王右軍」，瑯琊臨沂（今山東臨沂）人。建興四年（三一六年）西晉愍帝司馬業被俘，東晉南渡，琅琊王氏亦南遷至會稽山陰（今浙江紹興）。王羲之生於晉元帝大興四年（三二一年）。父王曠曾任淮南太守，叔父王導為元帝司馬睿丞相，為東晉王朝立足江南貢獻極大，權傾一時。王羲之少時曾患癲症，情志抑鬱，不善言語。但自小聰慧機智，沉著冷靜。大將軍王敦很喜愛他，常與之同眠。一次，王敦先起出帳。須臾，又與錢鳳（王敦參軍）轉回，屏退侍者後，便商議謀反之事。王羲之恰好醒來，聽得一清二楚。為防被害，於是摳出口水，塗於臉及被褥，假裝睡熟。王敦忽然想起王羲之尚未起床，十分驚恐，曰：「不得不除之。」掀開帳子，卻見他睡眼縱橫，確信正在睡熟之中，羲之這才保住性命。十二歲時，病有所好轉。傳說曾於病中得二十字：「取歡仁智樂，寄暢山水陰。清泠澗下瀨，歷落松竹林。」既而清醒，口中反覆誦之。讀完後，乃嘆曰：「癲何預盛德事耶？」長大後，一改木訥之態，頗善言談應對，而且風姿清高，剛直不阿。將軍殷浩評曰：「逸少清貴人，吾於之甚至，一時無所後。」意為王羲之清高貴重，一時無人可比。當朝太傅郗鑒聞王氏諸子皆俊，遣門生前往丞相王導府中求親。王導曰：「君往東廂，任意選之。」門生歸後對郗鑒說：「王氏諸郎，亦皆可嘉，聞來覓婿，皆飾容以待，咸自矜持。唯有一郎，坦腹東床，嚙胡餅，神色自若，如不聞。」郗鑒曰：「此真吾子婿也。」訪之，乃是逸少，遂以女妻之。

王羲之初任秘書郎，後拜為征西將軍庾亮參軍，累遷長史、寧遠將軍、江州刺史。朝廷公卿皆愛其才器，屢召為侍中、吏部尚書，皆不就。後朝廷授之護國將軍之職，又推辭不就。揚州刺史殷浩寫信勸他應命，才答應出任。後又闢為右將軍會稽內史。會稽西南有東山，巍然屹立於群峰之間。王羲之常與孫綽、謝安等人在東山縱情山水，詠詩誦文。山陰有蘭渚，其上有亭一座，曰蘭亭。永和九年（三五三年）三月三日，王羲之與孫綽、許詢、謝勝等四十一人盛會於蘭亭，吟詩詠賦。

蘭亭之會是東晉時代一次影響較大的文學集會，文人名士吟詩賦文，各顯風流，後世傳為美談。他們所作的詩文有較多清麗的山水景色描寫，表現出玄言詩向山水詩（文）轉變的傾向。

席間，王羲之興致勃發，作〈蘭亭詩〉四言、五言各一首。詩中盡述蘭亭娛目之景，逸樂之情，抒發了齊物曠達的胸懷抱負。孫綽、許詢等人也紛紛作詩，並集為《蘭亭集》，王羲之以東道主揮毫作序，並親自書寫了〈蘭亭序〉，筆法遒媚勁健，端秀清新，被譽為「天下第一行書」。謝勝等十五人沒有賦詩，各罰酒三斗。

明張溥在《漢魏六朝百三名家集題辭・王右軍集》中曰：「蘭亭詠詩，韻勝金穀。」其所言「金谷」，是指金谷詩。晉征虜將軍石崇於河南金谷澗中建有別墅一座，富麗冠絕一時，常引致賓客，日夜賦詩。惠帝司馬衷元康六年（二九六年），石崇為送別王詡，乃集蘇紹、潘岳、劉琨等好友三十人集於金谷園，行酒吟詩，集為《金谷集》。詩多浮華放縱之辭，內容空洞，但也有寫景抒情佳製。文中所言「蘭亭詠詩」指的是晉穆帝永和九年（三五三年），王羲之、許詢等四十一人，在會稽境內的蘭亭舉行的一次盛大的文人詩酒集會。

晉代會稽郡位於長江以南、茅山以東。其西南有東山，巍然屹立於群峰之間。山上青竹密集，泉水叮咚。登頂遠望：西、南、北三面群山擁裹，千嶂林立，姿態各異，或如鸞鶴飛舞之姿，或如龍騰虎躍之勢。其東：下視滄海，天水相接，堪稱世間絕境。當世名士孫綽、李充、許詢等，都在此建屋築室。謝安出仕前，亦居於此，並於山巔築有白雲、明月二堂。王羲之離京任會稽內史時，常與孫綽等人在東山縱情丘壑，賦詩宴飲，於名山勝水之中追求精神上的滿足，並通過賦詩撰文以顯示其人生觀和富貴派頭。山陰有蘭渚，四周崇山峻嶺，森林茂密。渚上有亭一座，曰蘭亭。亭旁流水環繞，林竹倒映。晉穆帝永和九年三月三日是傳統中舉行禊事（一種消除不祥的祭祀風俗）的日子，王羲之集謝安、孫綽、謝萬等四十一人盛會於蘭亭。是日，天清氣爽，春風和暢。蘭亭四周山水相映，林竹伴生，濃蔭蔽日，春色宜人。眾人沿曲水一一列坐，將酒杯從曲流上游放出，順流浮下，停在誰的面前，誰就得賦詩一首，否則便取而飲之。

王羲之書法名垂青史。他七歲學書於衛夫人（衛鑠，晉人衛恒堂妹）和王廙（王羲之叔父）。其學書用力甚勤，「臨池學書，池水盡黑」。他博採眾長，精研體勢，推陳出新，自成一家，開闢了草楷結合的新書風，實現了書法的實用性與藝術性的完美統一。其筆勢

「飄若浮雲，矯若驚龍」；其風格剛健中正，流美自然。王羲之書法為歷代學書者所崇尚，尊為「書聖」。他的書法當世就已名揚四海。一次，去一個門生家，見桌幾滑淨，便提筆書於上，真草相半，門生視為珍品。後為其父誤刮去，門生懊悔數日。又有一次，在蕺山遇一老婦，手持六角竹扇沿途叫賣。王羲之書其扇，老婦初有惱怒之色。王羲之說：「但言是王右軍書，便可以百錢價賣之。」老婦依言而行，人們果真競相購買。他日，老婦又持扇來求書，王羲之笑而不答。

王羲之的書帖，行書除〈蘭亭序〉外，還有〈快雪時晴帖〉、〈喪亂帖〉；楷書有〈黃庭經〉、〈樂毅論〉；草書有〈十七帖〉。這些字帖深受後人喜愛，被視為絕代珍品。南朝梁武帝蕭衍非常喜愛王羲之的字，曾讓人在王羲之字帖中拓下一千個不同的字，編成了四言韻語的《千字文》。唐太宗亦極為珍愛王羲之的〈蘭亭序〉，要求死後殉葬於自己的墓中。

孝武帝司馬曜太元四年（三七九年），王羲之病卒，時年五十九歲。一生書跡刻本甚多，散見宋以來所刻叢帖中。行書保存在唐朝僧人懷仁所集《聖教序》內最多。散文除〈蘭亭序〉、〈自誓文〉外，還有〈報殷浩書〉、〈遺殷浩書〉、〈遺謝安書〉、〈遊四郡記〉等。或議論時政得失，或抒寫個人夙志，流暢自然，情真意切。其中〈報殷浩書〉、〈遺殷浩書〉是寫給揚州刺史殷浩的書信。在信中，王羲之以社稷安危繫於內外將相之和，規勸他休兵養息，體察民情，「除其煩苛，省其賦役，與百姓更始」。信中見解非凡，感情真摯，在對形勢的分析之中，自然流露出憂國憂民的情懷。原有集十卷，已散佚。明張溥《漢魏六朝百三名家集》中輯有《王右軍集》。

忠賢袁宏的詩賦逸才

大將軍謝尚鎮守牛渚時，一夜興致勃發，率左右侍從微服泛江賞月。是時，秋風和暢，江清月明，放眼遠望，波光盪漾，令人心曠神怡。謝尚遊興正濃，忽聞江邊商船中有人吟詠作歌，聲音清暢高揚，文辭藻麗精美，遂即泊舟傾聽。久之，遣人詢問何人歌詠。回來的人答曰：「袁臨汝（袁勗，時任臨汝令）郎誦詩。」謝尚隨即命人迎其登舟，交談論辯，通宵達旦。此人就是被《晉書》譽為「一時文宗」的袁宏。

袁宏，字彥伯，小字虎，陳郡陽夏（今河南太康）人，生於晉成帝司馬衍咸和三年（三二八年）。其父袁勗曾任臨汝（今河南省臨汝縣）令，時稱袁臨汝。袁宏少孤貧，曾受雇替人運送租糧。入仕初，任謝尚參軍，累遷大司馬桓溫府記室。袁宏才思敏捷，文章絕美，為世人所賞。桓溫北伐途中，命袁宏作告捷公文。袁宏靠立馬旁，手不輟筆，俄爾書成七紙，當時東亭侯王珣在側，極歎其才。又作〈北征賦〉一篇，詞采華茂，文韻諧暢。既成，桓溫與在座眾人共賞，令伏滔誦讀，至「聞所傳於相傳，云獲麟於此野。誕靈物以瑞德，奚授體於虞者！疚尼父之洞泣，似實慟而非假。豈一性之足傷，乃致傷於天下」時，全文韻節始換。眾人皆感敘事未盡，需增句補韻。時王珣在座，云：「此賦方傳千載，無容率爾。今於『天下』之後，移韻徙事，恨少一句，如用『寫』字補韻，就會更好。」袁宏即於座上攬筆補云：「感不絕於余心，溯流風而獨寫。」王珣誦味久之，謂曰：「當今文章之美，故當共推此生。」

袁宏為人機智善變，每遇窘迫之事，常能巧妙對答，應付自如。後作〈東征賦〉，盡述吳中人傑地靈，以鼓舞東晉王朝勵精圖治，以成王業。賦末盡列南渡賢士名流，唯獨不載桓彝（桓溫之父）和陶侃。友人苦諫，勸其改之，袁宏笑而不語。桓溫聞之，甚怒。後出遊青山返歸時，桓溫命袁宏與己同乘一車，眾人都為他擔心。行數里，桓溫問曰：「聞君作〈東征賦〉，多稱先賢，何故不及家君？」袁宏回答說：「尊公稱謂非我敢傳，文中未寫，只因不敢顯之耳。」桓溫未信，懷疑話中有假，又問：「君欲為何辭？」袁宏當即答曰：「風鑑散朗，或搜或引，身雖可亡，道不可隕，宣城之節，信義為允也。」桓溫聽後，泫然淚下，不再追問。《世說新語・文學》記載，胡奴（陶侃之子陶範的小名）誘袁宏於狹室中，抽刃問曰：「先公勳業如是，君作〈東征賦〉，云何相忽略？」事出突然，袁宏窘迫至極，急忙對曰：「我大道（稱道）公，何以云無？」因誦曰：「精金百鍊，在割能斷。功則治人，職思靖亂。長沙之勳，為史所讚。」胡奴收刃而去。對於袁宏的巧對速辯，謝安極為賞識。後袁宏出任東陽太守時，謝安於冶亭為他送行。當時眾多賢士名流雲集於此，謝安欲試其機變才華。宴飲結束，臨別執其手時，回頭令侍從取來一把扇子贈給他說：「聊以贈行。」袁宏應聲答曰：「輒當奉揚仁風，慰彼黎庶。」時人對他的直率和應對才華極為讚嘆。

袁宏性情剛強正直，開朗美好，王獻之有詩評曰：「袁生開美度。」每於辯理，慷慨陳詞，從不阿屈。由此雖為桓溫禮遇，卻長久不得升遷。後見漢代傅毅作的〈顯宗頌〉，辭甚典雅，於是擬之作頌九章，頌簡文帝司馬昱之德，獻給孝武帝司馬曜。又曾作〈三國名臣頌〉一篇，文中對三國忠臣賢士給予高度評價，肯定了人才的歷史作用，其中也寓含著諷諫之意，希望東晉朝廷能夠珍惜人才，重用人才。

晉孝武帝司馬曜太元元年（三七六年）左右，袁宏卒於東陽太守任上，時年四十九歲。

袁宏著作頗豐。《晉書・袁宏傳》稱其所著「詩賦誄表等雜文凡三百首，傳於世」。逯欽立《先秦漢魏晉南北朝詩》和嚴可均《全上古三代秦漢三國六朝文》中錄有其詩文。其中有〈詠史〉二首：

周昌梗概臣，辭達不為訥。汲黯社稷器，棟梁表天骨。陸賈厭解紛，時與酒檮杌。婉轉將相門，一言和平勃。趨舍各有之，俱令道不沒。

無名困螻蟻，有名世所疑。中庸難為體，狂狷不及時。楊惲非忌貴，知及有餘辭。躬耕南山下，蕪穢不遑治。趙瑟奏哀音，秦聲歌新詩。吐音非凡唱，負此欲何之。

此二詩即謝尚秋夜賞月所聞之詩。前首大量用事，盡列周昌、汲黯、陸賈諸賢臣，才為所盡，智有所用。「趨捨各有之，俱令道不沒」，反襯出自己空有一腔抱負、一身才華而不得重用。後首開篇提出人生處世的兩難境況：「無名困螻蟻，有名世所疑。」這也是全詩的中心論題。接下寫漢代楊惲一生坎坷不平的遭遇。楊惲是漢平通侯楊敞之子，既有濟世之志，又有非凡之才，後遭奸人讒毀，橫遭冤屈而死。詩人借古嘆今，以傾吐內心的不平之氣。〈詠史〉二首，名為詠史，實是自詠，借史事慨嘆處世的艱難。全詩辭采藻拔，情感強烈而真摯，鍾嶸《詩品》評曰：「彥伯〈詠史〉，雖文體未遒，而鮮明緊健，去凡俗遠矣。」

袁宏隨桓溫北伐，途經太行山時，寫下了〈從征行方山頭詩〉一首：

峨峨太行，凌虛抗勢。天嶺交氣，窈然無際。澄流入神，玄谷應契。四象悟心，幽人來憩。

詩中描寫了太行巍峨的氣勢，上插雲霄，深遠無際。溪流澄碧，峽谷深幽，給人以神奇玄妙之感。最後由山及人，大智之人、隱遁之士皆愛其佳境，來此居住。全詩寫景狀物，層次清晰，寓理於景。

袁宏詩作中還有一首〈擬古詩〉和一首詠松詩。詠松詩托物寄懷，表達自己雖出身低微，卻有濟世之志、「棟梁」之才。

袁宏除〈東征賦〉、〈北征賦〉外，還有〈羅浮山疏〉、〈去伐論〉、〈祭牙文〉、〈羅山疏〉、〈丞相桓溫碑銘〉等文，皆可於歐陽詢《藝文類聚》中找到全篇或片段。此外，袁宏還精通史學，曾撰《後漢紀》三十卷，為范曄撰寫《後漢書》提供了有利條件，受到歷代史學家的讚賞。

風流倜儻的王獻之

「書聖」王羲之家族名人輩出，七個兒子中，有五個在當世有高名，其中第七子王獻之尤為知名。後世將王羲之與王獻之父子並稱「二王」，對其書法頗為推重。

王獻之生於東晉建元二年（三四四年），祖籍琅琊臨沂（今山東臨沂），字子敬。因官至中書令，又稱「王大令」，是東晉著名的書法家，也是文學家。琅琊王氏是東晉南渡士族之首。在這樣的士族家庭環境中，王獻之受到良好的教育，加上他聰慧好學，從小就才華出眾。

王獻之在八歲時，就已熟讀《左傳》，對其中典故已爛熟於心。一次看門客賭博，王獻之禁不住脫口而出「南風不競」。此典故出自《左傳・襄公十八年》，楚國出兵攻打鄭國時，晉樂師師曠說：「吾驟（屢次）歌北風，又歌南風，南風不競（意為南方的曲調不強），多死聲，楚必無功。」王獻之藉此典來喻南面的門客要輸。門客說道：「此郎亦管中窺豹，時見一斑。」王獻之瞋目怒曰：「遠慚荀奉倩（荀粲），近愧劉真長（劉惔）。」於是拂袖而去。荀奉倩和劉真長二人嚴於擇交，不蓄門生，即令有也不與深交。這裡妙用荀粲、劉惔事，悔頓自己輕率出言，以致受辱。

王獻之的書法師從其父。幼時學書，父授以〈筆陣圖〉，王獻之臨摹得可與父亂真。曾在牆壁上書寫方丈大字，引來數百人觀看。王羲之在他凝神練字時，悄悄來到身後，猛然拔其筆，結果沒有拔動。事後王羲之讚嘆說：「此兒後當復有大名！」王獻之師承家父，又研習過三國書法家鍾繇和東漢書法家張芝的作品。鍾繇精於隸、楷、行書；張芝尤善草書。他的書法能兼善各家，融會貫通，自創新體，有其父之風，得鍾、張之美，筆法體勢之中最為風流，深得後人好評。他精於楷、行、草、隸諸體，楷書以〈洛神賦十三行〉著名，行書以〈鴨頭丸帖〉為最。尤善草書，在師承其父與學習張芝的基礎上，獨變自創了一種「連綿體」，如〈十二月帖〉一氣連貫，多字一筆草成，筆勢流暢奔放，瀟灑風流，被稱為「王獻之一筆書」。唐代著名書法家張旭、懷素的草書，即本於王獻之草書而演成狂草一體。這種對草書的變化與創新，正體現了其人格精神的神韻：疏放不拘，風流倜儻。深而論之，它蘊涵著一種藝術自覺精神，即書法藝術從實用走向審美，而其背後也正是魏晉時代人的自覺。

王獻之不僅精於書法，亦善丹青。大將軍桓溫曾叫他畫幅扇面畫，不巧墨汁誤落扇面，眾人甚感為難。他卻靈機一動，因勢利導，揮毫潑墨，頃刻之間一頭體色斑駁、筋骨精壯的犍牛躍然紙上，神態逼真，堪稱妙筆。

王獻之身出名門，性情高邁，容貌端整，言不妄發。曾與兄長王凝之、王操之一同拜望謝安。座中，二兄侃侃而談，多為瑣碎俗事，王獻之寒暄過後，端坐一邊寡言少語。三人走後，座中客問王氏兄弟優劣，謝安回答說：「小者佳。」客問：「何以知之？」答曰：「吉人之辭寡，躁人之辭多，由此推知。」謝安本人風宇條暢，志趣高潔，亦頗為尊崇超逸之士。車騎將軍謝玄曾質問謝安：「劉真長稟性嚴厲，哪裡值得如此敬重？」答曰：「此乃未見之故，今見子敬，崇敬之情，吾尚身不能已。」王獻之俊爽的風度，橫溢的才華，很得謝安的賞識，特意提拔為長史。晉孝武帝太元（三七六—三九七年）中，太極寶殿落成，謝安欲使獻之題匾，以此作為流傳百代的珍品，然難以言之，便試探地說：「曹魏時，明帝築凌雲殿，誤先訂匾，忘題字，且無法取下，於是高懸木凳，令侍中韋誕題匾。韋誕懸立空中，提心吊膽，完工時，鬚髮皆白。回家後，告誡子弟，不要再學這種玩命的書法。」王獻之聞言，深知謝安的用意，正色曰：「韋誕，魏之大臣，尚且遭遇此事，由此不難推知曹魏國運不長的原因了。」聽完此言，謝安以為名言，遂未強逼，心中對子敬愈加敬服。後有人問曰：「子敬可與先輩誰比？」謝安回答說：「阿敬近撮王、劉之標。」意思是王獻之集中了當世名士王濛、劉惔二人的風度。中書侍郎郗超亦推崇王獻之端莊率直的為人。范啟本性矯揉造作，絮煩多事。一次寫信給郗超說：「子敬全身乾癟無肉，縱使將皮剝光，也毫無光澤。」郗超回信說道：「俱身乾癟無肉者，何如舉體非真者？」郗超的回信既嘲諷了范啟的為人虛假，又讚美了王獻之真淳的人格。

魏晉時代頗為講究名士風度，舉止曠達，寬容平和，處變不驚，方不失名士風流。王獻之曾與其兄王徽之同處一室，忽然火起，風助火勢，迅速蔓延。王徽之匆忙逃避，連鞋都沒穿，光著腳就奔出去了。而王獻之神色安詳，鎮定自若，徐呼左右，扶持而出。世人由此評定二王神情氣度的高低。還有一次，王獻之夜間睡覺時，有小偷入室，儘盜室中物，內有一氈，先世所傳。王獻之伏臥未動，若無其事地說：「偷兒，青氈乃我家傳之物，務請留之。」群賊聞言大駭，競相逃遁。

王獻之為人方正率直，純真自然，自恃清高，任性不羈，為世人所慕。但有時不免太過。一次，去謝府拜望謝安，適逢習鑿齒在座。按禮節，王獻之應與其並坐，而王獻之鄙其出身寒門，遲遲不肯入座，最後謝安只好拉著他的手，讓他坐到了習鑿齒對面。客人走後，謝安對謝朗說：「子敬清拔卓立，但過於傲慢、自負，足損其天然本性。」王獻之由會稽途經吳郡，聞吳地顧闢強有名園，池館林泉號稱吳中第一。他與顧闢強素不相識，然逕往其家。正遇主人大宴賓客，而王獻之旁若無人，獨自遍遊花園，指手畫腳，品評優劣。顧闢強勃然大怒，說道：「傲主人，非禮也；以貴驕人，非道也。失此二者，不足齒人，傖耳！」吳人貶稱中原人為傖，隨後便把王獻之的隨從趕出門去。王獻之獨坐轎中，等待隨從，久而未至。然後顧家僕人將其逐出門外，他神情怡然自得，不屑一顧。

孝武帝太元十五年（三九〇年），王獻之病重，請道人主持上表文禱告。按五斗米道教規，本人應坦白過錯。道人問及王獻之一生有何過錯，他說：「不覺有餘事，唯憶與郗家離婚。」王獻之所言郗家，指高平郗氏。當年郗曇將女兒郗道茂嫁給王獻之，後因奉詔婚配新安公主（簡文帝第三女），而與郗氏離婚。他在病危之際深感愧對郗氏，懺悔不已。後病終不癒而死。與新安公主生有一女，後立為安僖皇后。

王獻之既尚公主，又纏綿侍妾，風流韻事，世有所傳。至陳時其〈桃葉歌詞〉仍盛傳江南，歌曰：

桃葉復桃葉，渡江不用楫。
但渡無所苦，我自迎接汝。

詩中採用江南情歌慣用的雙關語寫法，既寫自然之桃葉，又寫寵妾桃葉。寫出自己對桃葉的寵愛，情感委婉含蓄，聯想自然貼切。散文中名作甚少，唯有為謝安表功而上的疏文，情真意切，感人肺腑，可稱佳作。明張溥《漢魏六朝百三名家集》中收有《王大令集》。

高齡矢志追佛國的法顯

人們都知道，唐僧玄奘歷盡千難萬險，費時十七載，前往天竺取回佛經六百五十七部，震動中外，名揚一時。後人以此為藍本，演繹成長篇小說《西遊記》，成為文學史上的名著。殊不知，早在東晉時代，我國就有一位年逾花甲的高僧曾求經天竺，一路風餐露宿，跋山涉水，歷經十三度春秋，最後攜帶大量佛教典籍由海路踏浪而歸。他就是當時的著名高僧法顯。

法顯，俗姓龔，平陽郡平陽（今山西臨汾市西南）人。約生於晉成帝司馬衍咸和九年（三三四年）。他的三位哥哥皆於幼年夭折，所以在法顯剛滿三歲時父母便將他送入寺院，度為沙彌（童僧），以求「神佛」保佑，不再夭折。不料想，法顯長大後對佛門異常虔誠，決心終生為僧，家人數度相勸也無濟於事。二十歲時受大戒，因「志行明敏，儀軌整肅」，後逐漸成為精通佛學的高僧。法號法顯，又因原籍平陽人，或稱「平陽沙門」。

西漢末東漢初，佛教開始傳入中國。由天竺東來傳教的僧侶也逐漸增多。東晉以後，社會動盪不安，再加上統治階級的大力提倡，佛教盛行一時。僧侶潛心研究佛學，但因當時的佛經或經本不全，或轉譯失真，於是僧侶意欲親自奔赴天竺求取真經。漢明帝時，郎中蔡愔、博士弟子秦景等奉命出使天竺，後在西域月氏遇天竺沙門攝摩騰、竺法蘭，邀之東還洛陽，並攜來《四十二章經》。為了進一步完善戒律，使佛教戒律「流通漢地」，法顯決定親自西上佛教的發源地——天竺（今印度）取經求法。

晉安帝司馬德宗隆安三年（三九九年）三月，年逾花甲的法顯開始踏上西天取經的漫漫旅途。同行的有慧景、道整、慧應和慧嵬。他們由長安出發時，得到了篤信佛教的後秦皇帝姚興的大力資助，為他們提供了充足的經費和物品。行至張掖（今甘肅張掖），寶雲等五人也隨之同行。

他們從敦煌西走，出陽關後遇到的第一道難關便是長達千里之餘的漫漫「沙河」（今大戈壁沙漠），這裡「上無飛鳥，下無走獸」，白日驕陽似火，夜晚寒氣襲骨，風起之時，沙浪騰空，遮天蔽日，隨時有可能被埋葬。法顯等人靠太陽辨別方向，藉死人的白骨識明道路，在跋涉了十七個晝夜後，終於走出了「沙河」，經過羅布泊西南的鄯善國（今新疆若羌）到達了烏夷（今新疆焉耆縣）。休整了幾天後，法顯等人又奇蹟般地穿越了「中無居民，涉行艱難」的塔克拉瑪干大沙漠，進入絲綢之路南道的于闐國（今新疆和田）。然後沿著崑崙山北的古道一路前行，開始翻越終年積雪的蔥嶺（今帕米爾高原），「其道艱阻，崖岸險絕；其山唯石，壁立千仞，臨之目眩，欲進則投足無所」（《佛國記》）。及至手攀長索渡過新頭河（今印度河），到達北天竺的弗樓沙國（今巴基斯坦白沙瓦）時，同行的十人中只剩下年邁的法顯和患病的慧景了。在翻越小雪山奔往佛教中心——中天竺時，令法顯傷心的是唯一的同伴慧景飢凍而死，法顯忍住悲傷，繼續獨自前行。當手拄拐杖、銀鬚飄拂的法顯出現在當地僧侶面前時，眾僧驚嘆不已，對這位孤身一人來到這裡的中國老僧欽佩萬分。

法顯在中天竺、東天竺、南天竺共住了五年，「學梵書、梵語、寫律」，專心研究佛法，並幾乎訪遍了當地的所有佛教寺院和佛蹟名勝，著意尋求收集經典戒律。

晉安帝義熙五年（四〇九年）初冬，法顯在天竺求律取經結束後，便從多摩梨底（今孟加拉國）乘船到達獅子國（今斯里蘭卡），並在此繼續求律。後於一佛殿內偶然看到一柄來自故鄉的白絹扇，這位孤處異域的銀鬚老人禁不住熱淚盈眶。《佛國記》中追憶法顯當年的心情時說：「法顯去漢積年，所與交接悉異域人，山川草木，舉目無舊；又同行分披，或留或亡，顧影唯己，心常懷悲。」

晉安帝義熙七年（四一一年）秋，在異域他鄉度過了七個春秋後，法顯終於乘船東歸。在經歷了海上「黑風暴雨」後，法顯漂過台灣海峽，穿越長江口，於晉義熙八年（四一二年）七月十四日最終在青州長廣郡（今山東即墨）的牢山（今青島嶗山）登陸。年近耄耋之年的法顯一踏上祖國的土地，就受到了長廣郡太守李嶷和當地百姓的熱情接待。並於次年夏天，到達東晉國都建康（今南京市），開始了艱苦的譯著工作。

法顯西天取經，陸去海還，遍遊中亞、南亞和東南亞三十四個國家和地區，前後共用十三年零四個月的時間，行程數萬里，成為我國僧侶西行求法的著名先驅者之一，也是我國有文字記載的到達中印度、斯里蘭卡和印度尼西亞的第一人。對於法顯的壯舉，時人給予了高度評價：「自大教（佛教）東流，未有忘身求法如（法）顯之比。」唐代高僧義淨亦曾稱讚說：「觀夫自古神州之地，輕生殉法之賓，（法）顯法師則創闢荒途，（玄）奘法師乃中開王路。」由此觀之，法顯的西行取法對於唐代玄奘的西天取經意義匪淺。法顯回國後，將隨身攜帶的大量的佛學典籍翻譯成漢文，這些都對中國同印度、斯里蘭卡等國家的文化交流做出了重大貢獻。

為了將這次艱難的旅行記載下來，以供後人參考、借鑑，法顯又寫成《佛國記》一書。

《佛國記》又名《佛遊天竺記》、《歷遊天竺記傳》或《法顯傳》。全書共九千五百多字，以精練流暢的筆調，質樸無華的語言，詳細記述了兩晉時代中亞、南亞及東南亞諸國的地理環境和風土民情。不僅開闊了中原人的地理文化視野，而且也為研究這些地區的歷史原貌提供了珍貴的資料。千百年來由於其資料原始、記事翔實而受到了世界各國學者的青睞。特別是十九世紀以來隨著中西交通的發展，外國學者紛紛從事此書的翻譯、整理和研究工作。迄今為止，它已先後被譯成英、法、日等多種文字，成為研究亞洲歷史和歷史地理的重要文獻。

宋武帝劉裕永初元年（四二〇年），法顯於江陵辛寺圓寂，享年約八十七歲。

神妙難忘的「三絕」顧愷之

晉哀帝興寧二年（三六四年），建康的瓦官寺內，寺僧們為了修整寺院，正在募集布施。不少達官貴人紛紛捐錢捐物，以求神靈賜福。但多日以來沒有捐過超十萬錢的。一天，一位青年後生慷慨解囊，答應捐助一百萬。寺僧讓他兌現時，他卻吩咐寺僧把寺內北小殿的一面牆壁粉刷潔白，關閉殿門，謝絕來客，整日面對那堵牆壁苦思、揣摩、塗描。一個月後，一幅維妙維肖的維摩詰士像（維摩詰是佛教中信佛而沒有出家為僧的居士，又名「捨粟如來」）赫然出現在眾僧面前。全部畫完後，他才讓寺僧將殿門打開，讓大家參觀，並且規定：第一天來參觀的人每位必須布施十萬錢以上，第二天來的要五萬以上，第三天來的自由布施。殿門一開，色彩鮮豔的壁畫光彩耀目，整座寺院頓時生輝。人們聞知此事，紛紛前往觀賞，整座寺院異常擁擠，有些人為了能夠一睹這罕世絕筆，不惜重金，一百萬錢的捐款很快便收足。後來大詩人杜甫遊瓦官寺時，目睹了此畫，題詩讚曰：「虎頭捨粟影，神妙獨難忘。」這位作畫的青年就是我國東晉時代傑出的畫家、詩人顧愷之。

顧愷之，字長康，小字虎頭（故世稱顧虎頭），晉陵無錫（今江蘇無錫市）人，大約生於晉康帝建元二年（三四四年），死於晉安帝義熙元年（四〇五年）。顧愷之出身於江南望族，父親顧悅之，官至尚書左丞。顧愷之博學多才，精於繪畫。青年時代，就已聞名於鄉里，人稱其為「三絕」：畫絕、才絕、癡絕。

「三絕」中，顧愷之的「畫絕」最為有名，尤其擅長人物繪畫。他的人物畫善於表現人物的內在精神氣質，尤其善用眼睛來傳達人物的神韻。民間流傳著顧愷之「點精（睛）便語」的故事：有一次，某人請顧愷之畫幾幅扇面。他拿起筆，略一思索便畫了幾幅嵇康和阮籍的肖像，畫中的阮籍容貌瑰傑，志氣宏放；嵇康則龍章鳳姿，天質自然，形象逼真傳神，栩栩如生。主人非常高興，連聲道謝，當接過扇子仔細觀賞時才發現沒有畫眼睛，感到很奇怪，就詢問其中緣故。他回答說：「點睛便能語也。」是說不能隨便點睛，要深思熟慮，揣摩透人物的性情，才能下筆點睛。點睛之後要使人物達到欲語的效果，這樣人物才能活靈活現，栩栩如生。

他為求人物的「傳神」，有時不惜改變人物的原貌，藉助細節的特寫來傳神達意。西晉名士裴楷風度「神俊」，顧愷之為他畫像時，為了表現這一特點，故意在臉頰上點綴了三根毛。看畫的人感到奇怪，就問他這是什麼原因，顧愷之回答說：「裴楷俊逸爽朗，很有才識。」人們再回頭品味此像時，頓覺裴楷的「神俊」之氣全部集中在三根毛上。從此以後，人們對顧愷之的繪畫才能更加欽佩。

荊州刺史殷仲堪瞎了一隻眼睛，顧愷之要為他畫像時，他擔心畫像會難看，推託說：「我的容貌不佳，就不想麻煩你了。」顧愷之對他說：「你只是礙於眼睛罷了，如果明顯地點出瞳子，再用飛白畫法從上面輕輕掠過，如同一抹輕雲遮月，若隱若明，這樣不是很美嗎？」畫完後，殷仲堪細細端詳，果然如此，像畫得既傳神又美觀，殷仲堪十分滿意。顧愷之神妙的繪畫藝術在當世就已受到人們的推崇，宰相謝安曾評價說：「顧長康的畫，是自有人類以來所沒有的。」

他的繪畫藝術對後世影響深遠，〈女史箴圖卷〉是我國人物畫的代表作品，〈洛神賦圖卷〉是現存最早的山水畫，它開闢了中國「畫中有詩」的繪畫藝術風格。

顧愷之除了是一位著名的畫家外，還是一位博學多才的詩人，所以時人稱之為「才絕」。征西大將軍桓溫駐守江陵時，城樓久經戰火，破敗不堪，遂重新修復，在原來的基礎上增加了高度，並將城樓粉刷成紅色。完工後，桓溫和賓客僚屬來到漢江渡口，放眼望去，修整一新的江陵城依山傍水，高大雄偉，異常壯觀。桓溫自豪地說：「在座哪位若能說出此城的妙處，將軍我必有重賞。」顧愷之當時沉吟了一會兒，詠道：「遙望層城，丹樓如霞。」桓溫聽後連連誇讚，當即賞賜婢女二人。青年時，顧愷之就才華橫溢，雅致清高，尤其擅長用詩一樣的語言描寫所見到的景物。蘭亭之會後，顧愷之回到荊州，人們問他會稽山水如何，他脫口說道：「千巖競秀，萬壑爭流，草木蒙籠其上，若雲興霞蔚。」意思是那裡峰巒層疊，競相比高；溝壑縱橫，爭先奔流；茂密的草木籠罩在山野之上，就好像彩雲湧動，霞光燦爛。

顧愷之任荊州刺史殷仲堪的參軍時，一次請求回鄉省親。按規定，不該為他提供帆船，顧愷之再三懇求，殷仲堪出於無奈，方才答應，條件是不得有任何損壞。不久便升帆起航，行駛到破塚（今湖北江陵市）時，江面上狂風大作，波濤洶湧，帆船在風浪中上下顛簸，岌岌可危。眾人齊心協力總算避免了船沉人亡的結局，但船帆卻被大風吹壞了。事後，顧愷之給殷仲堪回書一封，寫道：「地名破塚，真破塚而出。行人安穩，布帆無恙。」顧愷之為了避開帆壞的事實，但又不能說謊，很機智地將「無恙」與「安穩」的位置做了顛倒，其中原因，留待殷仲堪自己猜想。

顧愷之之性格既天真狡黠又樸實愚鈍，故人稱其「痴絕」。桓溫曾評價他說：「愷之體中癡黠各半，合而論之，正得平耳。」晉安帝義熙（四〇五—四一八年）初年，顧愷之任散騎常侍，一次與謝瞻在月下詠詩作賦，謝瞻假意誇讚他的文才，顧愷之信以為真，興奮異常，夜已很深，卻一點倦意都沒有。謝瞻極度困乏，欲眠，便找來一人替代自己。顧愷之專心凝志，一直到天亮，對於謝瞻的離去絲毫未覺。顧愷之為人樸實憨厚，頗講信義。有時友人故意開他玩笑，欺騙他，也從不計較。有一次，他把自己認為畫得較好的作品裝入一木櫥中，用紙將櫥口封好，交給桓玄暫且保管。桓玄打開木櫥，取出畫卷，又封好還給了他，騙他說沒有開櫥取畫。他見木櫥封紙依舊，但裡面畫卷已失，自言自語地說：「妙畫通靈，變化而去，亦猶人之登仙。」實際上他早已心中有數，只是毫不在意罷了。據說，顧愷之吃甘蔗也很特別，每次都從尾部吃起，再吃本部，別人感到很奇怪，他卻說這叫「漸入佳境」。

兩晉時代，陰陽五行、道教方術盛行。顧愷之也很相信方術，認為非常靈驗。一次，桓玄送給他一片柳葉，說道：「傳說這是蟬用來蔽身的柳葉，人如果用它來遮蔽自己，別人就會看不見。」顧愷之信以為真，並當場用它來遮匿自己，桓玄為了矇騙他，便在跟前解衣小便，毫不避諱。顧愷之見此，更加深信它的靈驗，對這片柳葉愈加珍惜。

晉安帝義熙元年（四〇五年），顧愷之任散騎常侍時，死於任上，享年六十二歲。一生所著文集二十卷、《啟蒙記》三卷，行於當世，後皆散佚。現存有〈神情詩〉、〈觀濤賦〉、〈冰賦〉、〈虎丘山序〉、〈祭牙文〉等各體詩文，散見於《藝文類聚》等書。

東晉大才女謝道韞

東晉時期，等級森嚴，門閥制度極其盛行。史載晉代的官爵制度有王、公、侯、伯、子、男六等之封。同時，東晉王朝還繼續推行和發展了曹魏以來的「九品官人法」，家世、門第等成為選官的重要標準。在東晉政治舞台上交替把持政權的世家望族經常官至公卿等顯位。其中，由陳郡陽夏（今河南太康）南遷的謝氏，便是掌握東晉朝政大權的四大士族之一。謝安、謝琰父子高居宰輔，謝石、謝玄等也都在朝廷中擔任較高的職務，謝安的哥哥謝奕曾經擔任過安西將軍。

謝奕有個寶貝女兒叫謝道韞，小時候就已經顯示出過人的才氣，十幾歲時，就能信口吟詠出優美的詩句。

一次，謝道韞去叔叔謝安家中做客。對於姪女的才華，謝安早有所知，便有意考一考她，問道：「《詩經》三百篇中，你認為哪一篇最好？」謝道韞稍稍沉思了一會，回答說：「歌頌尹吉甫的〈小雅・六月〉和誇讚仲山甫的〈大雅・嵩高〉，是我最喜歡的兩首詩。」謝道韞所說的尹吉甫和仲山甫都是西周末年周宣王時候的賢臣良將。其中尹吉甫在征討獫狁（生活在我國西北地區的一個遊牧民族，周宣王時，經常騷擾周朝統治的周邊地區）的戰爭中立下了赫赫戰功。仲山甫是一位賢德的忠臣，他經常冒著罷官獲罪的危險強諫周宣王要愛惜民力，減輕老百姓的負擔。在這兩位大臣的輔佐下，周宣王曾勵精圖治，使西周末年一度出現中興的局面。謝道韞雖身為女子，但時刻關注東晉的社會現實，希望在東晉也能出現尹吉甫和仲山甫那樣的賢德忠臣，實現國家的南北統一。而當時的北方中原地區已經淪落在匈奴、鮮卑、羯、氐、羌等外來民族的統治之下，東晉朝廷的重臣大員們，只傾力於權力的爭奪，無心關注中原的收復。謝安深知姪女之所以喜歡這兩首詩的原因，不禁連連點頭，誇讚她志趣高潔，有雅人深致。

有一年冬天，謝安召集本家族的人，舉行家庭宴會。開始不久，天氣突變，風起雲湧，隨後昏暗的天空中飄起了鵝毛大雪，雪花被風吹盪，在空中上下飛舞。謝安興致勃發，高聲問道：「白雪紛紛何所似？」話音剛落，謝朗（謝石之子）搶先站了起來，很自負地和道：「撒鹽空中差可擬。」謝朗的話剛一說完，引得大家哄堂大笑。大家覺得把飄柔的雪花比作堅硬的鹽粒，未免太生硬了。這時，謝道韞從一邊不慌不忙地站了起來，輕聲詠道：「未若柳絮因風起。」意思是說，把雪花比作鹽粒，倒不如比作空中那些隨風飄舞的春日柳絮。空中飄揚的雪花和因風而起的柳絮，在本身形態上極為相似，同時也創造出一種優美的意境，給人以無限的遐想。謝安聽後，哈哈大笑，連聲誇讚謝道韞的過人才華。

後來，大書法家王羲之聽說了這段詠絮佳話，對謝家的這位閨房才女極為讚賞，恰好自己的次子王凝之尚未婚配，於是便請人為王凝之提親。謝家對這門親事也非常滿意，兩家一商量，不久便擇定黃道吉日將謝道韞嫁到了王家。

謝道韞雖為女兒之身，但性格爽朗，有男兒之氣，經常談論養生之道，服食石髓，極推崇魏晉時代的竹林賢士，對名士嵇康尤為傾慕，曾經模擬嵇康的〈游仙詩〉作〈擬嵇中散詠松詩〉，詩曰：

遙望山上鬆，隆冬不能凋。
願想遊下憩，瞻彼萬仞條。
騰躍未能升，頓足俟王喬。
時哉不我與，大運所飄搖。

這是一首詠懷之作，作者借用山上松，表達了自己堅韌挺拔、無所畏懼的高尚人格。同時，通過王子喬乘鶴升天的仙話傳說，寫出了自己對於人生苦短、命運難測的傷感。全詩語言勁挺有力，善於化用典故來抒寫自己真實的情感，表現了女詩人卓越的藝術才能，因而深受世人稱讚。

謝玄極為推重自己這位才華橫溢的姐姐，常常為之而驕傲。名士張玄也常常稱讚自己的妹妹（當時已嫁到顧家，故稱顧婦），想拿她和謝道韞比較一下。當時有個尼姑叫濟尼，與張、謝兩家都有交往，別人問她這兩個人的高下，她回答說：「王夫人神情散朗，故有林下之風氣。顧家婦清心玉映，自是閨房之秀。」意思是說謝道韞神態風度瀟灑爽朗，放達自然，有隱士的風采和氣度。而張玄的妹妹心地清純善良，潔白光潤，應當是婦女中的佼佼者。

謝安在東山隱居，朝廷多次下令徵召他出仕，都不應命，後來在別人百般勸邀之下才離開東山，入仕為官。一次，桓玄針對此事問謝道韞說：「太傅東山二十餘年，遂復不終，其理云何？」意思是說，謝安在東山隱居了二十多年，但最終還是沒堅持到底，這應該如何解釋呢？謝道韞看了看桓玄，說道：「亡叔太傅先正，以無用為心，顯隱為優劣，始末正當動靜之異耳。」說的是，謝安是先代的賢人，他把無用當作自己為人立世的根本，入仕和隱居都有好壞之分，就如同事物由始至終都必須經歷動和靜兩個方面。桓玄原本是想藉挖苦謝安來難為謝道韞，沒料到她的回答如此機智而恰當，桓玄聽後，啞口無言。

王凝之的弟弟王獻之，風流倜儻，謝太傅非常器重他，著意提拔為長史。王獻之向來善談玄理。有一次，與辯客敘議，理屈詞窮，無法應付。謝道韞在內室聞知此事後，派婢女去對王獻之說，想替他解除眼前的困境。賓客們聽到此言後，滿座皆驚。王獻之指揮婢女們在客廳中用青綾圍成一道屏障，謝道韞端坐帳內，接著王獻之中斷的話題與賓客隔障對答，旁徵博引，論辯有力，最終辯客們無言以對，狼狽不堪。

後來，王凝之調任會稽太守，攜同妻子及兩個兒子一起前往。剛過半年，孫恩起義爆發，直逼會稽城下。王凝之素來信奉張道陵的五斗米道，兵臨城下之時，既不調兵，也不設防，在廳室中設立天師神位，每日焚香誦經。及至城破，方才驚起，急忙攜帶二子倉皇出走，行至十里左右，被亂兵追上殺死。謝道韞聽說王凝之父子遇難後，失聲慟哭。隨即命婢僕各自攜帶刀械，帶上外孫劉濤離開官府，剛出署門，迎面遇上亂兵，謝道韞持刀搏殺，砍倒亂兵數人，後來力盡被縛。面對孫恩，謝道韞毫無懼色，從容對答，令孫恩暗暗稱奇，不敢加害。劉濤當時只有幾歲，孫恩想把他殺死，謝道韞大聲喊道：「他是劉氏後人，今天的事情只涉及王姓家族，與其他人有什麼關係呢？」保住了他的性命。

孫恩事變平息之後，謝道韞寡居會稽，矢志守節，整日把自己關在屋內，六年中從未走出一步。當時會稽太守劉柳對謝道韞的大名早有耳聞，於是登門請求拜見。謝道韞也素知劉柳才氣過人，便坦然出來接待。一身孝服的謝道韞坐在帷帳之中，劉柳整冠束帶坐在帷帳外面。謝道韞談吐高雅，語言慷慨有力，流暢自然，應酬對答，詞理無窮。劉柳敘談片刻，便自告退，及至府中，喟然歎曰：「巾幗中罕見此人，只要耳聞她的談吐，目視她的舉止、氣質，就足以令人心形俱服了。」

謝道韞一生所著詩、賦、誄、頌等文章並行於世，但多已佚失，現僅存詩二首：〈擬嵇中散詠松詩〉和〈登山詩〉。

陶淵明不為五斗米折腰

晉安帝義熙元年（四〇五年）冬，彭澤（今江西彭澤）縣衙內外忙碌，收拾一新，準備迎接專管督察下屬各縣鄉吏治政務的督郵的到來。可是此地縣令，卻官服不整，衣帶鬆亂，不以為然。熟悉內情的縣吏唯恐縣令的裝束引起督郵的不滿，急忙提醒縣令：「您要打扮得衣冠齊整，以顯謙誠之心、恭敬之意。」縣令沉思良久，慨嘆說：「我豈能為五斗米折腰向鄉里小兒！」當日，解職掛印，離境而去。

這位不為五斗米折腰的彭澤縣令，就是我國古代的偉大詩人、著名的辭賦散文家陶淵明。

陶淵明，又名陶潛，字元亮，潯陽柴桑（今江西九江）人。他出生於晉哀帝興寧三年（三六五年），宋文帝元嘉四年（四二七年）去世。

陶淵明的曾祖陶侃是東晉王朝的開國元勳，官至大司馬，祖父陶茂官至太守。父親閒居在家，「淡焉虛止，寄跡風雲」，很早就去世了。無官無祿的父親沒有給陶淵明留下豐厚可觀的家產，從少年時代起，他就過著貧困的生活。但窮苦並沒有壓倒陶淵明，他志趣高潔，廣聞博學，《老子》、《莊子》無所不誦，儒家六經精研深習，尤其是對「異書」更是情有獨鍾。所有這些文章典籍對陶淵明思想性格和文學創作都產生了重要影響。

〈五柳先生傳〉是陶淵明棄官後於晚年寫出的作品，歷來被看作是陶淵明一生情性的最好寫照，因而後人又稱陶淵明為「五柳先生」。「先生不知何許人也，亦不詳其姓字。宅邊有五柳樹，因以為號焉。」閒靜少言的五柳先生喜好讀書，每當在書中領會到精深意旨，便會欣然忘食。他也喜歡飲酒，不拘小節，率真任情，但居家窘困，房屋簡陋，衣衫破舊，米甕常空。即便如此，五柳先生仍是安然自在，「常作文章自娛，頗示己志，忘懷得失，以此自終」。

東晉時代是一個講究門第出身的時代，即所謂「上品無寒門，下品無世族」。對於寒門出身的人來講，姓字幾乎是無意義的。陶淵明的曾祖陶侃，雖有功於東晉，但由於出身寒門，所以經常遭人嘲笑。五柳先生的無姓無字，既顯示了陶淵明真正的隱士品格，更表達了他對門閥特權和世俗虛榮的傲然鄙視。另外，五柳先生少言不利辯，讀書不求甚解，再加上不慕榮利的品性，更使得他不能同流於世族階層。所以，五柳先生以坦蕩的情懷著作言志，矢志不渝。

但是超脫的五柳先生——陶淵明，在內心深處還有著強烈的兼濟天下的政治情懷。少年時「猛志逸四海」，老年時「猛志固常在」，使得他幾次出仕，以實現兼濟天下的雄心壯志。晉孝武帝太元十八年（三九三年），二十九歲的陶淵明做了江州祭酒，但不堪吏職，少日自解歸。晉安帝隆安四年（四〇〇年），陶淵明又來到窺伺東晉政權的荊州刺史桓玄的府上做了一名幕僚，隆安五年借母病故之由，又辭職還鄉。晉安帝元興三年（四〇四年），建武將軍、下邳太守劉裕起兵討伐桓玄。在劉裕的聘請下，陶淵明做了鎮軍參軍。不久，又做了建威將軍江州刺史劉敬宣的參軍。晉安帝義熙元年（四〇五年）三月，隨著劉敬宣的離職，陶淵明又重歸故里。同年秋天，出任彭澤令，在官八十餘日，後永絕仕宦生涯。

陶淵明不為五斗米折腰，看似突然，實則必然。在門閥世族制度的時代，陶淵明像其他許多出身寒微的士人一樣，雖勉強入仕，但官職低微，壯志難酬，只能屈沉下僚，仰人鼻息，於是憤而歸隱成了無言的抗議。另外，受儒家「達則兼濟天下，窮則獨善其身」及忠君思想的影響，陶淵明以道家的「自隱無名」保持個人的名節和人格的自由。此後，那發自靈魂深處的呼號在無數志士文人那裡產生了共鳴，「須信此翁未死，到如今凜然生氣」（辛棄疾〈水龍吟〉）。

陶淵明辭官歸隱之初，過著一種夫耕於前，妻鋤於後，餘暇較多，無憂無慮的生活。但隨著時間的推移，各種天災紛至沓來，陶淵明的家境越來越壞，貧居稼穡不能自持，甚至只能借貸度日。即使這樣，陶淵明依舊不改自己的品行節操，不結交豪門貴族，只與村夫隱士相往來。當時人們即把陶淵明與慧遠法師的著名弟子劉遺民、周續之，共稱為「潯陽三隱」。在中國古典詩歌這部恢宏的交響樂中，陶淵明創作的田園詩可謂是一個不可或缺的永恆樂章。它那自然沖淡的舒緩旋律，奠定了陶淵明田園詩之祖的地位。

「世人皆醉，唯我獨醒」的陶淵明一生都在追求著曠達、超脫、卓然於世的人生境界，田園躬耕是其必然選擇。這種生活既是詩人社會理想有限的寄託，又是詩人主觀理想世界的本真之一。在他一系列理想與現實相交織的田園詩歌中，我們可以發現大量的有別於農事詩篇的新內容與新創造。他筆下的田園生活是美好的。

幾經出仕與棄官的往返，陶淵明終於發現自己的理想境界應該是什麼樣的。當從「塵網」中回歸「自然」時，一切都是那樣的平和與寧靜，如他自己筆下的「桃源」一般。方宅草屋，綠樹掩映，遠村近煙，狗吠雞鳴，在詩人的眼中全無世俗的喧囂與紛擾。主觀情思傾注於筆端，整個畫面顯出悠邈、虛淡、靜穆、平和的韻味。

但是我們知道，東晉末年是一個政治汙濁、戰亂紛起的年代。陶淵明自得其樂的田園躬耕生活不可能不受到它的干擾，然而他的田園詩創作好像對此視而不見，聽而不聞。是什麼原因使其以安詳靜謐的田園取代了騷亂動盪的現實呢？對此，我們可從陶淵明〈飲酒〉其五中尋到答案：

結廬在人境，而無車馬喧。
問君何能爾？心遠地自偏。
採菊東籬下，悠然見南山。
山氣日夕佳，飛鳥相與還。
此中有真意，欲辨已忘言。

「心遠地自偏」實質上是詩人對一種人生哲學的概括。心靈對外物與塵俗紛擾的濾除使得詩人目之所見、心之所想，均為理想化的生活之美，客觀的現實環境中更多地滲入了主觀精神的因素，純然客觀的外部環境注入了自我的、理想化的心靈色彩。因而在陶淵明的田園詩中，主觀與客觀、理想與現實相結合，詩人疲憊的身體得到休憩，憂愁的心靈得到慰藉，激憤的情緒得到釋放，田園景色之美得到發現。

這裡描繪了陶淵明辭官歸田後清苦生活的幾個場面。田園景色的美好與凋敝，農事勞動的希望與憂慮，詩人與知己間的美好真情，通過陶淵明的田園詩得到生動的反映、充分的顯現。在他的詩作中，傳統的「勞心者治人，勞力者治於人」的思想遭到了否定，躬耕之苦中蘊涵著陶淵明人生的歡樂。明鍾惺在《古詩歸》中有言：「陶公山水朋友詩文之樂，即從田園耕鑿中一段憂勤討出，不別作一副曠達之語，所以為真曠達也。」在〈桃花源詩並記〉中，陶淵明更為千百年來的農人描畫了一個理想的精神家園。在他的影響下，後人對田園生活吟詠不絕。「田園詩之祖」的稱號，陶淵明當之無愧。

田螺姑娘的傳說

中國古代農耕社會的經濟形式，是封建的自給自足的封閉式經濟。這種自給自足的自然經濟和小農生產方式，是以家庭為基本的生產單位的，所以家庭關係是非常重要的。在家庭關係中，男主外，女主內，夫耕妻織，和諧美滿，其樂融融。這是典型的自然經濟條件下的理想家庭生活。

在自然經濟的農業社會中，形成了人們固有的道德觀念和人格評價：忠厚本分，吃苦耐勞，守法循德。但生活常常並不因勤勞而富足如意，人格忠厚也不一定就有很好的結果。因而善良的人們便以幻想的方式在理想世界裡褒獎他們心中的理想人物，體現著他們對美和善的追求。尤其在佛教深入人心的時代，釋氏的因果報應之說，極易與中國人傳統的善惡觀念相結縭，好人好報，惡人惡報，深入百姓心中。胡應麟所言「齊、梁弘釋典，故多因果之談」（《少室山房筆叢》），的確道出了佛教流泛對小說的影響。「田螺姑娘」這類優美的民間傳說，即產生於這種背景下。

「田螺姑娘」傳說最早見於西晉束皙的《發蒙記》。其書記載：「侯官謝端，曾於海中得一大螺，中有美女，云：『我天漢中白水素女。天矜（憐）卿貧，令我為卿妻。』」這裡故事極簡略，且主題是憐憫孤貧。後來的種種傳說，多是在這一故事的基礎上不斷加工擴展的。托名陶淵明的《搜神後記》有〈白水素女〉條，是這一時期「田螺姑娘」傳說最詳細完整的。故事曰：

晉安郡侯官人謝端，少喪父母，被鄰居養大。至十七八歲，始出居。恭謹自守，不履非法。鄰居為其謀劃娶妻，未得。

謝端夜臥早起，躬耕力作，不捨晝夜。後於邑下得一大螺，如三升壺，以為異物，歸貯甕中。後連續十餘日，謝端每歸來，飯已做好。他以為鄰居所為，往謝之。鄰居曰：「吾初不為是，何見謝也？」他以為鄰居不說實情。如此又過了數日，又問鄰居。鄰居曰：「你已娶妻，密藏室中，為你做飯，卻說我為你做飯！」謝端生疑，平明雞鳴，佯出而潛歸，窺見一少女自甕中出，至灶下燃火。他入門直奔水甕，只見螺殼。至灶下問新婦從何而來，女大惶惑，慾還甕不能。答曰：「我天漢中白水素女也。天帝哀卿少孤，恭謹自守，故使我為君守舍炊烹，十年中可使君致富得妻。現已被看破，不宜複留，當去。今留下螺殼貯米，當可不乏。」謝端請留不肯，乘風雨而去。謝端為之立神位祭之，居常饒足，鄉人以女妻之。後謝端官至縣令。

這則故事與《發蒙記》相比，記述生動，情節豐富完整，增加了許多細節描寫。在原有憐憫孤貧的主題上，增加了道德人格的審美取向。農民謝端恭謹自守，不履非法，躬耕力作，不捨晝夜，但生活貧困，無力娶妻。天帝派仙女來為之炊烹守舍。謝端勤勞質樸，心地善良，於是才有天帝派天女下凡作為褒獎。這一情節反映出勞動人民的樸素美好的願望，只有勤勞、善良才能得到善報。儘管這只是美好的幻想，但它包含著人們的道德評價、人格審美及對幸福生活的嚮往。

〈白水素女〉是優秀的類型化的民間傳說，它具有古代神話的浪漫性的奇思妙想，亦具有現實生活的實在性與人情味。白水素女這一形象是神性與人性的結合。白水乃指銀河，白水素女即銀河女神。她能從天下凡，變化出入於田螺之中，又能乘風雨而去，這是其神性的一面。但小說更多更成功的描寫還在她人性的一面。她能屈己下凡，為孤貧的農民謝端守舍炊烹，是吃苦耐勞的農婦形象。她心地善良，具有同情心。當形跡暴露不得不返歸天庭時，她叮囑謝端要「勤於田作，漁採治生」，並留下螺殼，以貯米穀，常可不乏，關心體貼頗有人情味和同情心，且不圖回報。這是勞動婦女所具有的典型品質。其實這正是勞動人民按照自身的審美觀念，藉助於神話的外衣，所創造的理想的形象。當然天帝的安排與因果報應，使小說並不具有愛情的因素，卻具有宿命的觀點。

天女下凡的故事，在《搜神記》中也有一則，即後來演繹成〈天仙配〉的董永與織女的故事。情節略似〈白水素女〉，主題是憫孤表孝。織女臨行，謂董永曰：「我，天之織女也。緣君至孝，天帝令我助君償債。」

語畢，凌空而去，不知何在。可見，織女也是天帝的安排，旨在表彰董永之孝，也毫無愛情可言，並缺少白水素女的人情味。只是到後來的民間傳說中，才演化成了優美動人的愛情故事。

〈白水素女〉故事在民間傳布甚廣。梁代任昉在《述異記》中也有記載：「晉安郡有一書生謝端，為性介潔，不染聲色。嘗於海岸觀濤，得一大螺，大如一石米斛。割之，中有美女，曰：『予天漢中白水素女，天帝矜卿純正，令為君作婦。』端以為妖，呵責遣之。女嘆息升雲而去。」任昉記下了這一流傳，但加以改編，把勤勞淳樸、忠厚孤貧的農民謝端，置換成耿介高潔、不貪聲色的書生謝端。優秀的民間傳說，變成了道學家的女色為妖、君子正色不淫的宣教。

到唐朝，小說創作進入比較自覺的時代，「田螺姑娘」傳說更具有小說特點，情節也有很大變化，增加了仙女利用自己超人的手段同惡勢力鬥爭的內容。如唐皇甫氏〈原化記〉中《白水素女》事就是如此。書載：常州宜興縣吏吳堪，因常保護荊溪，不使汙染，忽於水濱得一白螺，拾歸以水養之。每自縣歸，則飲食必備。吳堪察知乃白螺中之少女所為。原來是天帝憐其鰥獨，令仙女下凡，給他為妻。後縣宰知吳堪妻美，幾次三番欲尋其過，奪其妻，都由仙女化解。最後仙女用一「食火、糞火」的奇獸燒死縣宰一家。

另外，民間也有許多附會「田螺姑娘」傳說的地名、江名，更擴大了這一傳說的影響。

隨著歷史的發展變化，「田螺姑娘」傳說已發展成民間文學中的一種故事類型：「獲妻型」。這種類型化的故事內容已不再限於由田螺變成美女了。如越劇〈追魚〉，田螺換成鯉魚來演化這一故事。故事中的鯉魚精善良而多情，為了愛情，可以忍痛去掉魚鱗，以村姑身份與窮書生廝守一生。「百折不回堅貞心，終於贏得自由身」，女主人公勇於追求美好愛情的勇氣和堅貞執著的性格，得到了完美的體現。這比秉承帝命下凡助人的題旨自然是前進了一大步。

顧命文臣傅亮的心曲

東晉末年，司馬氏王朝政局動盪，桓玄稱帝，孫恩、盧循造反，江北夏王赫連氏等騷擾不斷，真可謂內憂外患，霜雪交加。在各政治集團的角逐中，劉裕異軍突起，南征北戰，逐漸確定了穩固的政治地位。晉安帝司馬德宗義熙十四年（四一八年），劉裕擔任相國，被封為宋公。

晉恭帝司馬德文元熙二年（四二〇年）四月，屯兵壽陽（今安徽壽縣）的劉裕終於決定要以「禪讓」的形式取代司馬氏王朝。但是，此種心事他難以啟齒。於是，在會集群臣的酒宴上，劉裕不慌不忙地說：「桓玄暴篡，鼎命已移，我首唱大義，復興皇室，南征北伐，平定四海，功成業著，遂荷九錫。今年將衰暮，崇極如此，物戒盛滿，非可久安。今欲奉還爵位，歸老京師。」群臣不明真意，隨聲附和，盛讚劉裕的武功。傍晚時分，宴會散後，方有一人悟透劉裕的真意，他就是中書令傅亮。傅亮掉轉頭來，叩門求見，劉裕開門迎候。傅亮說：「我最好暫時返回京城。」劉裕內心高興，不再多言。由於傅亮的努力，六月，劉裕便被召回朝中輔政，為稱帝邁出了關鍵性的一步。

傅亮，字季友，北方靈州（今寧夏靈武西南）人，出生於晉孝武帝司馬曜寧康二年（三七四年）。父親傅瑗，哥哥傅迪。一次，他父親的朋友郗超見到這兩個孩子後，命人脫下傅亮衣服並做出拿走的樣子，傅亮毫無吝色。郗超對傅瑗說：「卿小兒才名位宦，當遠逾於兄。然保家傳祚，終在大者。」

傅亮博涉經史，尤善文辭，深得劉裕的賞愛。在晉義熙年間（四〇五－四一八年），劉裕因傅亮忠於職守，曾想讓他出任東陽太守，並先把這個意思透露給了傅迪。傅迪大喜過望，忙將此訊告訴給傅亮。傅亮聞聽此言，策馬去見劉裕，並誠言不願外出，而願永隨劉裕左右。劉裕笑道：「謂卿之須祿耳，若能如此，甚協所望。」在政治權力的核心，傅亮盡情地施展自己的文筆才華。

義熙十二年（四一六年），劉裕平定洛陽後，奉旨拜謁並修繕晉代五陵，傅亮代筆作了〈為宋公至洛陽謁五陵表〉，上表皇帝司馬德宗。雖是奉命公文，但敘事、寫景、言情、達志完美地融為一體。

表面上看，整個表文是在實錄劉裕拜謁修繕五陵的過程，形象生動，情感真摯。但細細思來，每一句、每一筆都無不在為劉裕歌功頌德。開篇四句自然的敘述，意在表彰劉裕的赫赫戰功。接下來極寫路途之險遠、艱難，以見出其人之忠。自「山川無改」句始，以形象化的筆法寫出故國的凋敝，山川的淒涼，國家之危難，見出良將的不可或缺。至五陵荒廢令故老掩涕、三軍憤慨的描寫，更渲染出劉裕等眾將士的報國之志、雪恥之情。這篇表寫得如此情辭懇切，皇帝讀之，定會感激涕零。傅亮以自己的絕妙文詞，為皇帝司馬德宗塑造了一個憂國憂民、對司馬王朝忠心耿耿、丹心一片的忠臣形象。這樣的生花妙筆怎能不討得劉裕的歡心呢？

劉裕稱帝後，傅亮因輔佐王命有功，被封為建成縣公，食邑二千戶，入直中書省，專典詔命。自此以後，朝中表策文誥，均出自傅亮之手。可見，劉裕的帝王之路無不與傅亮的丹書妙筆有關。

由於宋武帝劉裕的賞識信任，此時的傅亮已是權傾朝野。劉裕死後，傅亮、徐羨之、謝晦、檀道濟共為顧命大臣。宋文帝劉義隆元嘉元年（四二四年），傅亮等人謀劃廢黜少帝劉義符為營陽王，後又將劉義符及廬陵王劉義真殺害，立宜都王劉義隆為帝。劉義隆見到威容甚盛的傅亮時，痛哭不已，哀動左右；當他問及劉義符、劉義真的死因時，更是嗚咽悲號。眾大臣不敢仰視，傅亮更是汗流浹背，無法回答。元嘉三年（四二六年），宋文帝劉義隆以害死劉義符、劉義真的罪名，誅殺了傅亮。

當年傅亮貴極一時，其兄傅迪每每誡其不可驕縱，而傅亮不從。及見到世路險惡，禍難驟至，方才醒悟，於是作〈演慎〉一篇，文意與同罪被殺的謝晦〈悲人道〉如出一轍。「大道有言，慎終如始，則無敗事矣」，「故語有之曰：誠能慎之，福之根也。曰是何傷，禍之門爾。言慎而已矣」。

傅亮曾創作很多篇賦，如〈感物賦〉、〈喜雨賦〉、〈登龍岡賦〉、〈徵思賦〉等，其中最能展示他後期矛盾心境的作品是〈感物賦〉。賦前有序，道出了寫作意旨，「述職內禁，夜清務隙，遊目藝苑」，見飛蛾起舞，投火自焚，「悵然有懷，感物興思」。賦的前半部分寫自己醉心於文苑翰墨之中，後半部分寫目睹飛蛾投火而引起對人生的感悟。全文通篇對偶，辭采工麗，很能讓人感受到這位佐命文臣的文學功力。

傅亮被捕後曾言：「亮受先帝布衣之眷，遂蒙顧托。黜昏立明，社稷之計。欲加之罪，其無辭乎。」一代佐命文臣，就這樣在一種無奈的心境中結束了自己的一生。

元嘉文豪顏延之

南朝宋代詩壇上閃爍著兩顆璀璨的巨星，那就是顏延之和謝靈運，世稱「顏謝」。

顏延之，字延年，琅琊臨沂（今山東臨沂）人，出生於晉孝武帝太元九年（三八四年），宋孝武帝孝建三年（四五六年）去世。

顏延之年少孤貧，喜讀經史子集，文章冠絕當時。他好飲酒，不拘小節，年過三十，猶未婚娶。當年，他的妹妹嫁給了劉裕的得力將領劉穆之的兒子，劉穆之聞其才名，便約他相見，想要任用他，而他卻拒絕前往。可見其狂放、不慕豪勢的性格。宋武帝劉裕稱帝後，顏延之補太子舍人。

「潯陽三隱」之一的周續之，以精通儒學著稱於世。宋武帝永初年間，周續之被徵召到都城，開館講學。宋武帝劉裕親臨學館，朝臣畢至。顏延之官職低微，卻被引入上席，劉裕請顏延之向周續之討教儒家經義。周續之文辭汪洋恣肆，而顏延之卻每每以簡約言辭連挫週續之。劉裕又讓顏延之解釋自己的觀點，顏依然是要言不繁，理義通暢，在場的人莫不拍手叫絕。劉裕升他為太子中舍人。當時重臣尚書令傅亮自認為文章第一，時人莫及。而顏延之卻自負其才，不以為然，引起了傅亮的嫉恨。由於和廬陵王劉義真交好，顏延之又招來了徐羨之的猜疑不滿。少帝劉義符即位，顏延之被貶為始安太守。領軍將軍謝晦戲言：「昔荀勖忌阮咸，斥為始平郡，今卿又為始安，可謂『二始』。」黃門侍郎殷景仁感嘆地說：「人惡俊異，世疵文雅，大概就是如此吧。」赴任時，顏延之途經汨羅江畔，撰寫了〈祭屈原文〉以抒發胸中抑鬱之情。

宋文帝元嘉三年（四二六年），傅亮、徐羨之等人被誅，顏延之重新受到賞識重用。但是狂放疏誕的性格使得顏延之不為當世所容。他看到朝中劉湛、殷景仁專當要任，意有不平，常言「天下事豈一人之智所能獨了」。後來他又到劉湛父親手下為官，見到劉湛時說：「吾名器不升，當由作卿家吏耳。」意在諷刺劉湛父子。肆意直言、辭意激揚的顏延之因此被貶為永嘉太守。顏延之憤憤不平，寫下了著名的〈五君詠〉，這樣便更加惹惱了權臣，被黜官七年。

顏延之狂放傲誕，但在朝中也有些好友。深受宋文帝劉義隆重用的何尚之就是一個。

二人自幼交好，且均矮小醜陋，體又不直。何尚之戲稱顏延之為「猿」，顏延之戲稱何尚之為「猴」。一次，二人同遊西池，顏延之問路人：「吾二人誰為猴？」路人指向何尚之，顏延之高興得笑了起來，這時路人又說：「彼似猴耳，君乃真猴。」率情的顏延之再也笑不起來了。宋文帝曾經問起過顏延之：「你的幾個兒子才能如何？」顏延之答道：「竣得臣筆，測得臣文，啜得臣義，躍得臣酒。」何尚之戲之說：「誰得卿狂？」顏延之說：「其狂不可及。」顏延之與何尚之關係雖然不錯，但顏延之對喜好阿諛的何尚之的兒子何偃也不放過。何偃曾稱顏延之為「顏公」，顏延之訓斥道：「身非三公之公，又非田舍之公，又非君家阿公，何以見呼為公？」其倨傲率性常如此。

顏延之一生好酒，常獨飲郊野，旁若無人，如遇舊友，更是一醉方休。前朝晉恭思皇后去世，邑吏送信請他參加葬禮。時值顏延之酩酊大醉，投信於地說：「顏延之未能事生，焉能事死。」即便是宋文帝召見，他也是醉醒乃見。一天，顏延之醉訪何尚之，何尚之假裝睡去。顏延之熟視良久說：「朽木難雕。」待他離去，何尚之對左右人說：「此人醉甚可畏。」

顏延之年少家貧，一生儉約。他的長子顏竣在孝武帝劉駿時權傾朝野，但顏延之從不借兒子的權勢奢侈無度，並拒絕兒子的資供。他常乘牛車行於路上，一旦碰上氣勢煊赫的顏竣，便迴避路旁，並說：「平生不喜見要人，今不幸見汝。」他不慕豪勢，更鄙視鑽營仕宦的小人。有人曾謀求吏部郎的官職，何尚之感嘆說：「此敗風俗也。官當圖人，人安得圖官。」顏延之大笑說：「我聞古者官人以才，今官人以勢，彼勢之所求。子何疑焉？」嬉笑之間表現了他對腐敗社會現實的不滿。

顏延之與謝靈運在當時均以文章辭采馳名。據說，宋文帝讓二人各做樂府詩一首，題為〈北上篇〉。謝靈運很久才完，顏延之頃刻便成，文思奇速，才華極高。

關於他和謝靈運的創作，顏延之曾請鮑照點評優劣。鮑照說：「謝五言如初發芙蓉，自然可愛。君詩若鋪錦列繡，亦雕繢滿眼。」自然之美的呈現、人工之美的展示正是二人的風格所在。顏延之因鮑照的評價終生遺憾不已。

顏延之的詩歌創作確實缺少謝靈運的自然英旨，錯彩鏤金、精雕細刻的形式美的追求使得他的詩缺少真實的內蘊。〈應詔觀北湖田收〉中有這樣的詩句：

> ……桃觀眺豐穎，金架映松山。飛奔互流綴，緹轂代回環。神行埒浮景，爭光溢中天。開冬眷徂物，殘翠盈化先。陽陸團精氣，陰谷曳寒煙。攢素既森藹，積翠亦蔥仟……

他的多數詩篇中都充滿了這樣流光溢彩、絢麗華美、巧製精工的詩句。

雖然顏延之的詩從總體上看缺少「自然英旨」，但是顯示他剛勁不阿性格的〈五君詠〉卻非謝靈運的山水詩所能及。〈五君詠〉藉述「竹林七賢」（除出仕的山濤、王戎）之事，抒發心中的積憤。詩中形象刻畫鮮明，性格把握準確，於華美繁密中盡顯慷慨激昂之氣，以「五君」之形，顯己之志。沈約《宋書．顏延之》中稱：「詠嵇康曰：鸞翮有時鎩，龍性誰能馴？詠阮籍曰：物故不可論，途窮能無慟？詠阮咸曰：屢薦不入官，一麾乃出守。詠劉伶曰：韜精日沉飲，誰知非荒宴？此四句蓋自序也。」如沈約所言，這幾句詩確實也是他一生情性的最好寫照。

除以上一些作品外，顏延之還有一首詠史敘事詩〈秋胡行〉。詩篇將離別之恨、相思之苦、羈旅之愁一併收入筆底，筆法靈活多變，工於渲染烘托，顯示了顏延之詩歌的一貫風格。

《昭明文選》選錄顏延之詩十六首，文六篇。謝靈運詩三十二首，文一篇沒有。可見顏延之的文章寫作有著很高的成就。這六篇文章是：〈赭白馬賦并序〉、〈三月三日曲水詩序〉、〈陽給事誄〉、〈陶徵士誄〉、〈宋文皇帝元皇后哀策文〉、〈祭屈原文〉。顏延之文章賦作的藝術特點也近於詩歌：文辭綺麗，鋪錦列繡，多用典事，徵古繁博。僅以〈赭白馬賦序〉為例，序文對仗工整，文詞華美，聲韻和諧，氣勢奪人。而其中，幾乎無一句無來歷，有語出《禮記》、《論語》的；有語出《尚書》、《詩經》的；有語出《呂氏春秋》的，也有語出沈約《宋書》的。有化前人之句意，有承他人之精髓，徵事繁博，語出有據，令人慨嘆。不僅文與賦如此，即使是《庭誥》這樣的教子家書，也是駢言儷語，雕花鏤葉，用心至極。

顏延之有一愛妾，非此人侍奉食不飽腹，寢不安席。愛妾恃寵，搖床令顏延之墜床受傷，顏竣一怒之下殺了她。顏延之經常哭訴：「貴人殺汝，非我殺汝。」一日痛哭之際，忽見愛妾推倒屏風向己壓來，顏延之驚懼落地，一病不起，不久病逝，時年七十三歲。

由於顏延之的創作更符合當時人們的審美情趣，所以人們稱他為「元嘉文豪」。顏延之原有文集，後散佚。明張溥《漢魏六朝百三名家集》收有《顏光祿集》。

元嘉文壇之雄謝靈運

謝靈運，南朝宋著名詩人。祖籍陳郡陽夏（今河南太康附近）；南渡後，遷到會稽始寧（今浙江上虞）。他出生於晉孝武帝太元十年（三八五年），死於宋文帝元嘉十年（四三三年）。

謝氏家族是東晉王朝門閥世族的領袖。謝靈運的曾祖謝奕在東晉王朝官拜安騎將軍，曾叔祖謝安、祖父謝玄是淝水之戰的策劃者和指揮者。但是他的父親卻生性愚訥，官拜秘書郎，因為很早就去世了，所以沒有什麼功名。

謝靈運從幼年時起便勤勉好學，博覽群書，聰穎過人，深受祖父謝玄的喜愛。由於家庭的特別寵愛，唯恐不能養育成人，謝家便把謝靈運寄養在錢塘（今杭州）的道觀中，人們稱他為「客兒」，「謝客」的名號由此而來。祖父謝玄去世後，謝靈運大約在晉安帝元興二年（四〇三年）左右，襲封康樂公，所以後人又稱謝靈運為「謝康樂」。

承襲了康樂公後，按當時朝中慣例，謝靈運又被任命為員外散騎侍郎。這是一個沒有具體事務的閒散之官。可能是由於當時桓玄造反，進入建康（今南京），也可能是他認為這個官職沒什麼意思，謝靈運沒有到任。晉安帝元興三年，劉裕打敗了桓玄。第二年，謝靈運被任命為琅琊王大司馬行參軍。從此，謝靈運走上了不平坦的政治旅途。晉安帝義熙二年（四〇六年），謝靈運又做了撫軍將軍劉毅的記室參軍。

南朝宋的開國皇帝劉裕，原來是謝安、謝玄手下的將領，他因擊敗桓玄而成為東晉政權的實際掌握者。出於政治集團利益的需要，謝靈運的族叔謝混和劉毅聯合起來對抗劉裕。義熙七年（四一一年）劉裕打敗了謝混、劉毅。劉裕為了在政治上取得門閥世族的支持，沒有株連謝混的家人，謝靈運也被任命為太尉參軍。第二年，改任謝靈運為秘書丞，但不久以後又免了他的職務。

劉裕對謝靈運既威嚇又拉攏。義熙十四年（四一八年），謝靈運又被任命為宋黃門侍郎，遷相國從事中郎、世子左衛率。然而剛被起用，又發生了一件意外的事情。謝靈運有一個門人叫桂興，他和謝靈運的小妾私通，謝靈運發覺後，下令處死了桂興，把屍體扔到河中。御史王弘上奏劉裕，要求嚴懲。劉裕並未深究，只是免去了謝靈運的官職，以顯示對他的寬宏忍讓。

四二〇年，劉裕通過禪讓的形式做了皇帝。歷史上這一年是宋武帝永初元年。不久，劉裕下了一道詔書，除了有功於天下蒼生的王導、謝安、溫嶠、陶侃、謝玄五家外，晉代封爵一律廢除，但他們五家的爵位也要降一級。這樣，謝靈運被降為康樂縣侯。事後，謝靈運並不情願地寫了〈襲康樂侯表〉，感謝聖恩。

在劉毅手下七年的官場生涯，決定了謝靈運不可能得到劉裕集團的真正信任。但是門閥世族的傳統、急近功名的心理使自認為才能足可以參與國政的謝靈運不甘寂寞。政治上的需要加上文學上的愛好，謝靈運與劉裕的次子廬陵王劉義真走到了一起。永初三年（四二二年），劉裕病危。為了防止皇子間爭鬥，劉裕下令將劉義真調離建康。同年，年僅十七的太子劉義符即位，朝政大權落在了徐羨之、傅亮等人的手中。為了剷除劉義真的勢力，他們羅織謝靈運搬弄是非、毀議朝政的罪名，將他外放為永嘉太守。

謝靈運在永嘉（今浙江溫州）任上只一年多的時間，便稱病辭職，並在宋文帝元嘉元年（四二四年）回到會稽始寧。兩年多的時間，他寫了大量的描寫山水的詩篇，每有一首傳到都城，大家競相抄錄，遠近敬仰，名聲大振。

元嘉三年（四二六年），宋文帝劉義隆除掉徐羨之、傅亮，並下詔徵召謝靈運為秘書監，謝靈運百般推辭，在光祿大夫范泰的書信勸說下，才重新返回京城。入京後，宋文帝問他在路上寫了些什麼東西，謝靈運回答說：「寫了一首〈過廬陵王墓下作〉。」這使宋文帝大為尷尬，也讓人看出謝靈運在政治鬥爭中實在缺少韜略。

在秘書監任內，謝靈運的主要工作是整理古代典籍。宋文帝命他撰寫《晉書》，他只是粗略地立了些條目，並未成書。不久他又被宋文帝任命為侍中。謝靈運無論書法還是詩文，在當時都是一絕，因而深受宋文帝的喜愛，被他稱為「二寶」。文學侍臣的角色使自視才高的謝靈運深為不滿。於是他不管公務，又寄情山水，這引起了宋文帝的不快，暗示他辭官算了。元嘉五年（四二八年）謝靈運上表稱病，重歸故里。臨行前，通宵達旦地遊樂歡宴之餘，謝靈運還上書宋文帝，建議北伐。

回到會稽始寧，謝靈運與族弟謝惠連等人遊山玩水，吟詩作賦。由於出遊時興師動眾，騷擾民眾，引起地方官員孟顗等的不滿。

會稽太守孟顗篤信佛教，謝靈運譏笑他說：「得道要有佛緣，您升天一定在我的前面，但成佛必定在我的後面。」還有一次謝靈運等人在千秋亭飲酒，喝到盡興時裸身大叫，恣肆放縱。孟顗派人前去制止，謝靈運大怒說：「我願意光著身子大喊，與那個傻瓜有什麼關係。」會稽城東和始寧附近分別有回踵湖和休崲湖，謝靈運上書想放水為田，宋文帝准奏。可是孟顗考慮到湖中豐富的水產是百姓的生活來源，沒有准許。謝靈運說：「這個孟顗根本就不是考慮百姓的利益，而是出於信佛的目的，害怕殺生而已。」這樣，孟顗與謝靈運結下了深怨。不到三年，孟顗上疏告他蓄意謀反。

謝靈運聽說此事，飛奔京城，上疏文帝說明事情原委。宋文帝也知道孟顗純屬誣告，就沒有治他的罪。為了不讓他再惹是非，宋文帝把謝靈運留在了建康。半年多的時間，他編定了六萬多卷國家所藏圖書的目錄，並和名僧慧嚴、慧觀為《大般涅槃經》的譯文潤色文字。

元嘉八年（四三一年）謝靈運被任命為臨川內史。來到臨川（今江西臨川），謝靈運仍是優遊玩樂，放任自得。第二年，被人彈劾，朝廷派人前來逮捕謝靈運。他反倒抓住來使，帶領兵馬逃跑，並寫了「韓亡子房奮，秦帝魯連恥」的詩句，表明自己要仿效張良、魯仲連，不與劉宋王朝合作。很快謝靈運就被捉拿到了建康。宋文帝深愛其才，打算僅免其官職罷了，但彭城王劉義康認為堅決不能饒恕。最終宋文帝以謝玄立過大功為由，免了他的死罪，發配廣州。

到廣州不久，一個叫齊宗受的武將告發說，在去塗口的路上，走到桃墟村時，聽到幾個人在路下偷偷私語，抓住審訊，其中一個叫趙欽的人交代，謝靈運出錢讓他們購置兵器，糾集勇士，然後在三江口把他劫持下來。不管此事是真是假，宋文帝據此下詔處死謝靈運。

元嘉十年（四三三年），謝靈運在廣州被處死。臨刑前，謝靈運作詩一首：「龔勝無餘生，李業終有盡。嵇公理既迫，霍生命亦殞。」（龔勝、李業、嵇康、霍原均為歷史上不與當權者合作而被殺害的人）從這首詩中，我們可以看出，謝靈運認為自己完全是政治鬥爭的犧牲品。開一代詩風的大詩人謝靈運，就以這樣的悲劇形式結束了自己的人生旅程。

「江左楊修」詩人謝晦

謝晦，字宣明，東晉末年、南朝初年著名的政治人物、詩人。陳郡陽夏（今河南太康附近）人。他的曾祖父謝據和謝靈運的曾祖父謝奕，及東晉著名的軍事將領謝安都是同胞兄弟。謝晦出生在晉孝武帝太元十四年（三八九年），死於南朝宋文帝元嘉三年（四二六年）。

謝晦風姿秀美，倜儻瀟灑，喜歡談笑。他廣泛涉獵文章典籍，博學多通，時人比之楊修。楊修是曹操手下的才子，才華橫溢，足智多謀。雖以楊修比之，人們認為他還是稍遜一籌。為此謝晦深感遺憾。可是，以楊修比之，這已是很高的評價了。

謝晦的族叔謝混也俊逸灑脫，氣度非凡，被人們認為是江左第一。當謝晦與謝混一同出現在劉裕的面前時，劉裕神情為之一振，不禁讚嘆道：「一時頓有兩玉人耳。」

謝晦在劉裕的政治集團中特別受到重用，深得劉裕的歡心。晉安帝義熙十一年（四一五年），劉裕率兵與司馬休之交戰。當時劉裕手下的大將徐達之戰死，情況危急。劉裕要親自登岸參加戰鬥，將領們百般勸說，無濟於事。這時謝晦抱住劉裕，劉裕說：「快放手，不然我殺了你。」謝晦說：「天下可以沒有我謝晦，但不能沒有將軍您。我死了有什麼可惜的。」後來大將胡藩出戰，取得了勝利。

第二年，劉裕在軍事上節節勝利，抵達彭城（今徐州）。在慶功宴會上，劉裕開懷暢飲，略有醉意。他讓左右筆墨伺候，準備即席賦詩。謝晦唯恐劉裕在屬下面前出醜，急忙起身主動替劉裕寫了一首詩：

先蕩臨淄穢，卻清河洛塵。
華陽有逸驥，桃林無伏輪。

這首詩用華陽奔騰的駿馬比喻劉裕，用桃林中沒有停止的戰車表現眾將一往無前的決心；以掃蕩汙穢、清去塵土歌頌劉裕的武功，所以深得劉裕等眾人的歡心。全詩雖有阿諛奉承的嫌疑，但對仗工整，音韻鏗鏘，確實充滿剛勁、昂揚向上的氣魄。

晉義熙十四年（四一八年），夏軍攻占咸陽。劉裕想興兵收復失地，謝晦卻認為，兵馬疲憊，不易打仗。劉裕採納了他的建議。於是眾人登上城牆向北方眺望，劉裕心中悲傷不已。他讓手下的人吟詩，謝晦當即吟誦了王粲的「南登霸陵岸，回首望長安。悟彼下泉人，喟然傷心肝」，劉裕聽了痛哭流涕。

四二〇年，劉裕做了劉宋王朝的開國皇帝，謝晦被加封為武昌縣公。後來他又做了領軍將軍散騎常侍，負責皇宮保衛工作。但是，正如俗語說：「伴君如伴虎。」劉裕在病危時囑咐太子劉義符：「謝晦隨我征戰多年，機謀善變。我死後一旦出現問題，肯定就是此人。」劉裕死後，謝晦和徐羨之、傅亮共同輔佐少帝劉義符，謝晦被加封為中書令。少帝被廢，徐羨之為防不測，令謝晦為外援，領護南蠻校尉、荊州刺史、加都督。謝晦意識到自己捲入了是非之中，心中非常憂慮。

果然，元嘉三年（四二六年），宋文帝劉義隆開始清算徐羨之、傅亮、謝晦殺害少帝劉義符、廬陵王劉義真的罪行。當時朝政混亂，很多事情經常洩密，謝晦的弟弟謝皭派人送信給他，讓他多加防範。謝晦並不相信，因為不久前傅亮還寫信給他，議論朝中對北伐的態度。可是後來發生的一切證明了傳聞的準確，徐羨之、傅亮被殺，謝晦不得不面對現實。

謝晦認為，荊州（今江陵縣）地勢險要，兵員糧食補充方便，決定與朝廷拼上一拼。他對屬下說：「我不是怕死，那樣會有負先帝的托孤之情，但現在又能怎樣呢？」

謝晦上疏文帝，又發表徵討檄文。表書與檄文寫得慷慨激昂，盡顯謝晦的文章辭采。當他看到旌旗相照、戰艦待發時，不禁慨嘆：「恨不得以此為勤王之師。」不知真是忠心耿耿，還是隨隨便便做做樣子，總之這一句話著實讓人感動萬分。

出征前，謝晦安排南郡司馬庾登之：「現在讓你領三千兵馬把守南郡，抵禦來犯之敵。」庾登之回答說：「我的父母親戚都在京城，又沒打過仗，難當如此重任。」謝晦又問其他將領：「三千兵馬，能否守城？」南蠻司馬周超回答說：「不但能夠守城，如果真的有來犯之敵，還可破敵立功。」庾登之急忙說：「這件事周超能勝任，我請求辭去司馬職務，把南郡交給周超。」於是謝晦任命周超為南郡司馬，改任庾登之為長史。也就是這個三千兵馬可破敵立功的周超，在謝晦兵敗時投降了劉宋王朝。謝晦在逃跑途中，被他原來的手下光順之捕獲。

當初謝晦深受劉裕賞識重用時，曾從彭城回京去接家眷。當時賓客雲集，高朋滿座，他的哥哥謝瞻十分驚訝，他對謝晦說：「你的名望不大，官位不高，可你卻權傾朝野，一些人對你趨炎附勢。這對我們謝家來說，並不是什麼好事。恬淡退讓，不乾時政，這才是我們謝家福份所在。」因為不願看到這種情勢，謝瞻用籬笆把院子隔開。謝瞻臨終前寫信給謝晦：

「我僥倖得以善終，沒有什麼遺憾的。你可要既為國又為家，勉勵自己，好自為之。」可惜謝晦沒聽從謝瞻的勸說。

謝晦在被押送京城的路上有感於自己的一生，寫了一篇賦，題為〈悲人道〉。其賦首先闡明宗旨：「悲人道兮，悲人道之實難，哀人道之多險，傷人道之寡安。」然後沉痛地說，自己本是豪門貴族的世家子弟，應該樹美德，做學問，積善延福。但為什麼被朝廷緝拿呢？實在是禍惹得太大了。

接著敘說了天下大亂時隨宋武帝劉裕東征西殺，建功立業，取得了赫赫威名。但徐羨之、傅亮令他招禍，不得已興兵造反，「苟成敗有其數，豈怨天而尤人」。自己無怨無悔，但兄弟子侄都受到了牽連，實在愧對家人。所有的一切都灰飛煙滅了，罪比山高，百死難雪。

賦的結尾又回到對世事人生的感嘆。以前害怕躬耕，追逐名利，但是現在看到宦海沉浮；以往認為獲取功名實在簡單，今天臨死才知道並非如此。最後，謝晦與莊子的「無為」思想發生了共鳴。由此看來，謝晦完全墮入了虛無主義的人生境界。全文音韻委婉，其情傷感，令人心嘆。思想雖然消極，但也確是發人深思。

謝晦的女兒是彭城王劉義康的妃子。當謝晦被押赴刑場時，她光著腳，披散著頭發追到車前。她對父親說：「大丈夫應該戰死在疆場，今天父親怎麼落到了這般地步？」說罷，大聲哭叫，氣絕身亡。圍觀的人無不為之落淚。

謝晦的侄子謝世基與他一同赴死。謝世基作詩說：「偉哉橫海鱗，壯矣垂天翼。一旦失風水，反為螻蟻食。」謝晦續道：「功遂侔昔人，保退無智力，既涉太行險，斯路信難陟。」

頗有文才的謝晦，再一次申明了〈悲人道〉的意旨：仕途險惡，此路難行。

琵琶聲裡的「後漢」旋律

范曄，字蔚宗，出生在晉安帝隆安二年（三九八年），於宋文帝元嘉二十二年（四四五年）去世。范曄一生著有《後漢書》八十卷，集十五卷，錄一卷，《百官階次》一卷。除《後漢書》外，其他的都散佚了。

史書記載，范曄是在母親去廁所時生下來的。當時額頭被磚碰傷，所以家裡人給他取了個小名叫「磚」。范曄長大成人後，個頭矮小，身寬體胖，皮膚黝黑，眉髮稀疏。雖然相貌醜陋，但是才氣過人。從少年時代起，他就勤奮好學，博覽經史，文章寫得非常華美。在書法（主要是隸書）方面范曄也有很深的造詣。

范曄的音樂天賦極高。他不僅能譜寫新的曲目，而且彈琵琶的技藝在當時也屬一流。

宋文帝劉義隆聽說此事後，幾次委婉地向范曄透露，想聽一聽他演奏的琵琶。可是范曄總是假裝不懂，始終沒有滿足宋文帝的願望。一天，宋文帝在皇宮中飲酒，他高興地對范曄說：「我想唱上一首歌，你來給我伴奏。」范曄奉旨彈起了琵琶，悅耳的琵琶聲令人如醉如痴。可是宋文帝歌聲一停，范曄的琵琶聲也就終止了，宋文帝非常掃興。即便如此，元嘉五年（四二八年），范曄仍被任為尚書吏部郎。

元嘉九年，彭城王的太妃去世了。許多官吏和老朋友都前往東府弔唁。可是范曄卻同司徒左西屬王深、弟弟司徒祭酒範廣在夜晚大呼小叫地喝起酒來。他們打開北窗，聽到輓歌陣陣，哀聲不絕，便更加興奮，笑聲不斷。彭城王劉義康聽到這事非常氣憤，范曄被貶為宣城太守。

從此，抑鬱不得志的范曄在孤寂的琵琶聲中，開始潛心研究各家關於後漢的歷史著作，最後編寫成了著名的史學著作《後漢書》。

我們現在看到的《後漢書》包括：十篇本紀、八十篇列傳、三十篇志，共計一百二十篇。這部歷史著作記載了從東漢光武帝劉秀到漢獻帝劉協近二百年的歷史，但范曄只寫成了「紀」「傳」部分就被殺了。後來，人們把西晉司馬彪寫的《續漢書》中的「志」與范曄的「紀」「傳」合刊在一起，就成了現在的《後漢書》。

由於范曄不滿現實，不肯媚事權貴，所以他在《後漢書》的寫作上貫穿了這樣一個宗旨：弘揚美德仁義，鞭撻權貴奸雄。因而除了《史記》、《漢書》所設的列傳外，范曄又新增加了〈黨錮傳〉、〈文苑傳〉、〈宦官傳〉、〈方術傳〉、〈列女傳〉、〈逸民傳〉、〈獨行傳〉等。

《後漢書》雖然是歷史著作，但有一些人物傳記寫得真切感人，文學色彩特別濃厚。

除了「紀」「傳」有一些精彩的篇章外，《後漢書》中還有一部分表現對後漢歷史人物和歷史事件評價的「序」和「論」。《昭明文選》根據內容要充實、形式要華美的原則，對史書中這類文章作了收錄，其中有班固《漢書》一篇，干寶《晉紀》二篇，沈約《宋書》二篇，而范曄的《後漢書》共被收進四篇。可見在這類文章中范曄的創作有很高的文學價值。這些序、論在思想上推崇儒學，表彰忠義節行、仁人志士，對那些追名逐利、苟且無行的小人大加撻伐。藝術上，在簡練生動、自然流暢中，追求一種華美雅潔的風格。對此，范曄在〈獄中與諸甥侄書〉中有這樣的解釋：「……吾雜傳論，皆有精意深旨，既有裁味，故約其詞句。……筆勢縱放，實天下之奇作。」雖然范曄對自己的評價有些過高，但佳妙之處確實不少。

做了一段時間的宣城太守後，范曄又來到長沙王劉義欣的手下做了鎮軍長史。這期間，范曄的嫡母（嫡母是妾生的子女對其父的正妻的稱呼）即將病故。范曄知道消息後，沒有及時動身，臨行前又帶上了歌女和小妾。為此，被其他大臣參奏。由於宋文帝欣賞他的才華，沒有追究這件事。范曄為嫡母服喪期滿，又被任命為左衛將軍、太子詹事。

當時朝中有個員外散騎侍郎孔熙先。他常為自己不能受到重用而憤憤不平。孔熙先為了報答彭城王劉義康對他父親的救命之恩，在劉義康被貶時，便產生了擁立劉義康的想法。他知道范曄很不得志，便想拉攏范曄，然而范曄又看不起他。在范曄喜歡的外甥謝綜的幫助下，他接近了范曄。他常約范曄賭博，每次都故意輸給范曄很多財物，漸漸地兩人的關係融洽起來。於是孔熙先勸范曄和他一同殺掉宋文帝，擁立劉義康。范曄驚訝之餘猶豫不決。孔熙先又說：「你家門望清高，但不能和皇室通婚，人家對你像豬狗一樣，你卻不以為恥，還打算為人家賣命，這不是太糊塗了嗎？」由於范曄家有閨帷穢事，孔熙先便用這番話激他。范曄雖默不作聲，卻下定了反叛的決心。謀反的事情終於被人告發，孔熙先、范曄、謝綜等人被捕入獄。

在獄中關押時，宋文帝派人交給范曄一把非常漂亮的白團扇，讓他在扇面上題詩。范曄在白團扇上寫道：「去白日之炤炤，襲長夜之悠悠。」既是題扇，也是寫己。宋文帝見了也大為傷感。

范曄本以為入獄後便會被處死，所以寫詩道：「雖無嵇生琴，庶同夏侯色。」決心像嵇康、夏侯玄一樣慷慨赴死。可是過了二十多天還不見動靜，范曄以為有生還的希望了。一個獄吏戲弄他說：「外面傳您要被長期關押，可能會免除死刑。」范曄聽了非常高興。謝綜、孔熙先嘲笑他說：「事發前，你言辭激烈，怒目圓睜，自認為是大英雄，現在怎麼倒怕死了呢？做臣子的要忠於主人，即使不讓你死，你又有什麼顏面活著呢？」范曄對獄吏說：「把我處死太可惜了。」獄吏說：「不忠的人，有什麼可惜的。」范曄神色悵然地說：「你說得也對。」

宋文帝元嘉二十二年（四四五年）冬，范曄被押赴刑場。他的妹妹和姬妾前來告別，范曄哭得淚水漣漣。謝綜說：「舅舅比夏侯玄臨刑前的神色可差多了。」范曄想到了自己寫的詩，馬上止住了哭泣。范曄被處死，時年四十八歲。

范曄在〈獄中與諸甥侄書〉中總結了自己一生的創作，提出了「以意為主，以文傳意」的創作主張。當談到一生喜愛的琵琶時，他說：「吾於音樂，聽功不及自揮。……其中體趣，言之不盡。……亦嘗以授人，士庶中未有一毫似者，此永不傳矣。」

范曄優美的琵琶聲，永遠消失在歷史的長河裡了，但《後漢書》的旋律卻始終迴響不絕。

讀故事．學文學

魏晉南北朝文學故事　上冊

編　　著　范中華
版權策劃　李　鋒

發 行 人　林慶彰
總 經 理　梁錦興
總 編 輯　張晏瑞
編 輯 所　萬卷樓圖書(股)公司
排　　版　鄭　薇
封面設計　鄭　薇
印　　刷　百通科技(股)公司

發　　行　昌明文化有限公司
桃園市龜山區中原街32號
電　　話 (02)23216565
傳　　真 (02)23218698
電　　郵
SERVICE@WANJUAN.COM.TW
大陸經銷
廈門外圖臺灣書店有限公司
電　　郵
香港經銷
香港聯合書刊物流有限公司
電　　話(852)21502100
傳　　真(852)23560735

ISBN 978-986-91874-4-2
2020年10月初版四刷
2015年 9月初版一刷
定價：新臺幣250元

如何購買本書：
1.劃撥購書，請透過以下帳號
帳號：15624015
戶名：萬卷樓圖書股份有限公司
2.轉帳購書，請透過以下帳戶
合作金庫銀行古亭分行
戶名：萬卷樓圖書股份有限公司
帳號：0877717092596
3.網路購書，請透過萬卷樓網站
網址 WWW.WANJUAN.COM.TW
大量購書，請直接聯繫，將有專人為您服務。(02)23216565 分機10

如有缺頁、破損或裝訂錯誤，請寄回更換

國家圖書館出版品預行編目資料

魏晉南北朝文學故事 / 范中華編著.
-- 初版. -- 桃園市：昌明文化出版；
臺北市：萬卷樓發行, 2015.09
冊；　公分. -- (讀故事.學文學)
ISBN 978-986-91874-4-2(上冊：平裝)

857.63　　　　104017773